ファインダーごしのパラドクス

仙道はるか

white heart

講談社X文庫

目次

イラストレーション／沢路《さわじ》きえ

ファインダーごしのパラドクス

プロローグ

「今度の写真集の企画なんだが、都内を中心に撮影《さつえい》することになった」

ソファーの上で悠々《ゆうゆう》と長い脚《あし》を組みながら、現在同居中の年上のカメラマンがそう告げるのに、静流《しずる》は形のいい頭を少し傾《かし》げながら「都内？」と尋《たず》ねた。

「ああ、最初企画の内容を聞かされた時は、てっきり海外、まぁ少なくともヨーロッパでの撮影だと思ったんだがな……」

精悍《せいかん》で端正《たんせい》な横顔が、いささかつまらなそうに顰《しか》められるのに、静流は秀麗《しゅうれい》な顔をわずかに曇らせながらも、あくまでも口では素っ気なく「ふーん、そうなんだ」と呟《つぶや》いた。

静流の同居人であるカメラマンは、名を国塚《くにづか》香《きょう》といって、もともとは海外の遺跡を中心に写真を撮影していた男である。

しかし、ここ数年はギリシャ神話をモチーフにした人物写真集を発行し、それが国塚自身さえも意外なほどに世間で高い評価を受けていた。

そのおかげで最近では、人気俳優たちの主演映画のイメージ写真集の撮影なども引き受けたり、今回のような企画物の写真集の撮影《さつえい》の依頼《いらい》もくるようになって、なかなか多忙な日々を送っている。

　そして静流はといえば、大学の授業の合間や休日を利用しては、そんな国塚の仕事の手伝いをしているのだった。

「静流には悪いが、またしばらく手伝ってもらうことになるかもしれんな」

「……悪いなんて言わなくていいのに。俺は、ここに居候《いそうろう》させてもらってるんだから、それくらいのことはやって当然だろ」

　静流の口調が素っ気ないのも、彼が無表情なのも、けして怒っていたり機嫌が悪いせいではない。

　それが、静流にとってはごくごく『普通の状態』なだけのことだ。

　国塚はそのことをわかっているので、静流の愛想《あいそ》のない台詞《せりふ》にもニッコリと持ち前の明るい笑顔《えがお》で「ありがとう」と答える。

　無愛想な静流とは対照的に、国塚は一見ずいぶんと愛想のいい男だった。

　そのうえ長身で男らしく端正《たんせい》な容貌《ようぼう》をしている国塚は、当然女性にはよくモテたが、三十代後半になっていまだに気楽な独身生活を送っている。

　彼曰《いわ》く、『気ままな自由業』のせいか、実年齢よりもはるかに若々しい青年のように見える国塚には、『オヤジ』や『中年』という言葉はまったくそぐわなかったが、それでも中身のほうはやはりそれまで生きてきた分だけの経験を積んでいるので、親子ほども年齢の違う静流は、いつも国塚には子供扱いをされていた。

静流は、かねがねそのことに不満を覚えているのだが、しょせん口では国塚にかなうわけもなく、少しばかり悔しい思いをしている。

「でも、本当は撮影《さつえい》のサポートなんかよりも、俺は静流にはモデルのほうをやってほしいんだけどね」

国塚が腰かけているソファーに寄りかかるようにして、フローリングの床に直《じか》に腰を下ろしていた静流は、それまで目を落としていた雑誌から顔を上げると、形のいい眉を寄せ「モデルは二度としないって言ったはずだろ」と、微笑《ほほえ》みながら自分を見下ろしている国塚へと告げた。

じつをいえば、静流には国塚のギリシャ神話をモチーフに撮影された写真集の第三弾、『背徳《はいとく》のオイディプス』でモデルをつとめた経験があるのだった。

長身で人も羨《うらや》むような見事なプロポーションと美しい容姿を持つ静流だったが、彼はべつに専業でモデルの仕事をしていたわけではない。

写真集のモデルをしていた当時、静流はごく普通の高校生だった。

高二から高三になるあいだの春休み、静流はある理由があって、北海道《ほっかいどう》の実家からほとんど家出同然でこの東京へとやってきた。

そしてその時、慣れない都会でガラの悪い連中に因縁《いんねん》をつけられて喧嘩《けんか》をし、ボロボロの状態で路地に座《すわ》り込《こ》んでいた静流を拾ってくれたのが国塚だったのである。

この広い東京の街で、何万人もの人間が行き交う中、彼らが出会ったのはその時は単なる『偶然』だったはずなのだが、後にそれは『運命』へと名を変える。

何故《なぜ》なら国塚と静流は、彼ら二人もそうとは知らなかった、ある因縁で結び付けられた関係だったからである。

静流が家出同然で東京に出てきたのには、彼にとってはとても重要なある『理由』があった。

その理由とは、顔も名前も知らない己の『父親』を探し出すことだった。

静流の母親である真田泉《さなだいずみ》は、女手一つで静流をここまで育て上げたのだが、静流が東京にやってくる少し前に病《やまい》でこの世を去っていた。

死に際にも自分の父親のことをまったく語らなかった母親に不審《ふしん》を抱いた静流は、彼女の遺品の整理をしている時に、偶然己の父親の正体を知る手がかりとなる物を見つけ、いてもたってもいられなくなったのである。

母亡《な》き後、静流の保護者となっていた伯父《おじ》夫婦と祖母に黙って、その手がかりを握り締めて家を飛び出したのは、彼らに知られれば必ず止められることがわかっていたからだった。

何故《なぜ》か祖母も母親の兄である伯父《おじ》も、亡《な》くなった母親同様に静流の父親に関することをいっさい彼に語ろうとはしなかった。

あまりにも頑《かたく》なな家族のその姿に、静流は自分の父親はもしかすると凶悪な犯罪者なのではないかと危惧《きぐ》したりもした。

しかし、そんな不安を抱きながらも、静流はやはり自分の父親に会ってみたかったのである。

だからこそ、父親の正体を知る微《かす》かな手がかりとなる母親の遺品……、数十通に及ぶ同じ差出人からの手紙の束と、一枚の写真を手に静流は東京へとやってきたのだった。

とりあえずは、ずいぶんと母親とは親密な間柄《あいだがら》だったらしい手紙の差出人に、静流は一度直接会ってみようと考えた。

じつをいうと静流は、差出人である『丹野兵吾《たんのひょうご》』という名の男性には直接会ったことはなかったのだが、彼の名前と顔はよく知っていた。

何故なら、丹野は世間でもかなりの認知度があると思われる、テレビや映画で幅広く活《かっ》躍《やく》する人気俳優だったからである。

だが、そんな有名人が相手では、母親が知り合いらしいという漠然《ばくぜん》とした理由では、簡単に会ってもらえるはずもなかった。

丹野の所属事務所に何度か問い合わせてみたが、当然のようにとり合ってはくれず、静流は電話では埒《らち》が明かないとばかりに思いきって上京してはみたものの、結局丹野のもとを訪れる前にチンピラと喧嘩《けんか》になって国塚に拾われることとなったのである。

しかも、その国塚と丹野は偶然にも古くからの知り合いだった。

その事実を知った時、静流は本気でこの偶然の巡り合わせを自分に与えてくれた神様に感謝した。

そうして、写真集のモデルを引き受けることを条件に、静流は丹野に自分を紹介してくれるように国塚と取引をしたのである。

映画の撮影《さつえい》で海外に長期ロケに出かけている丹野が日本へ戻ってくるのを待つあいだ、静流は国塚の被写体として彼のマンションに居候《いそうろう》することになった。

一か月ほどの時間を共に過ごしていくうちに、二人は徐々に親しくなっていった。

カメラマンとそのモデルとして……。

年の離れた友人として……。

……そして彼らも最初は知らなかった意外な事実、死んだ母親の昔の恋人と、その恋人の息子として。

しかし、静流と国塚の関係は結局、最終的にはそのどれとも違うかたちに落ち着くことになった。

年齢、性別、そのすべてを超えた、『恋人』という関係に……。

そう、彼らは生活を共にしているうちに、いつしか互いに強く惹《ひ》かれ合うようになっていたのである。

「なぁ、静流はどうして、そんなにモデルをやるのを嫌《いや》がるんだ？　一度やるのも二度やるのも、俺からすれば同じようなもんだと思うんだがな……。もちろん、モデル代もちゃんと支払うぞ」

ぼんやりと、国塚と初めて会った頃のことを回想していた静流は、国塚の大きな掌《てのひら》で軽く後頭部を叩《たた》かれて我に返った。

「……やだよ。あんな恥《は》ずかしい真似《まね》、俺は一度でたくさんなんだから」

静流がモデルをつとめて撮影《さつえい》された写真集『背徳のオイディプス』は、自他共に認める国塚の最高傑作となった。

国塚のカメラマンとしての腕前が世間に認められたのはもちろんのことだったが、素人《しろうと》モデルであった静流の高潔《こうけつ》なまでに凛《りん》とした美しさは、発行当時かなりの話題になり、多くの芸能事務所からスカウトの話が殺到《さっとう》したものである。

そのすさまじさは、静流と芸能事務所のあいだに立った国塚をもかなり閉口させた。

「だいたい、俺は芸能界になんて全然興味《きょうみ》ないし、あんただって俺に芸能人になんて絶対になったら駄目《だめ》だって言ってたくせに……」

もうこれまでに何度も繰り返されたやり取りだったので、静流は少しばかりうんざりし

た表情で首を左右に振った。

「俺専属の写真モデルと芸能人は違うだろ」

宥《なだ》めるような表情で微笑《ほほえ》む国塚から、眉を寄せて顔を俯《うつむ》かせた静流だったが、すぐに指ですくい上げるようにして上向かされた。

「……まったく相変わらず、顔に似合わず強情だな」

呆《あき》れたように苦笑している精悍《せいかん》で端正《たんせい》な顔が近づいてきたかと思うと、まるでかすめるような素早さで口づけられていた。

「まっ、そこが静流のいいところでもあるんだけどね。可愛いだけの子猫《こねこ》ちゃんだったなら、俺のような自分勝手な男はたぶん三日で厭《あ》きてる。だけど、あんまり強情すぎるのも可愛げないぞ」

口調は軽いものだったが、至近距離で囁《ささや》く男の瞳《ひとみ》が笑っていないことに気づき、静流は改めて国塚がけして愛想《あいそ》のいい優《やさ》しいだけの男などではないことを意識した。

初めて会った頃から薄々、国塚の二面性には気づいていたし、そんな彼の陽の部分も陰の部分も承知で惹《ひ》かれたはずだったのに、彼とのつき合いが一年半を経過した今になって静流は少し不安を感じるようになっていた。

(……確かに、国塚さんは俺のことを愛してくれているんだとは思う。だけど、きっとより多く惚《ほ》れてるのは俺のほうだ……。一年半もつき合って、一緒《いっしょ》に暮らすようになってからも半年が過ぎるのに、それでも俺には国塚さんの考えていることがよくわからない。いまだにどこか俺に対して一線を引いていると感じることが時々ある……）

たとえばそう、ちょうど今とか……。

「さて、今日も静流を口説《くど》くのに失敗しちゃったから、あとはおとなしく資料でも読むとするか」

怒ったり無理強《むりじ》いしたりする代わりに、国塚にはこうして何気なく静流をつき放すことがたびたびあった。

それが『大人』の優《やさ》しさや、物わかりのよさだと国塚が思っているのだとしたら、それは間違いだと静流はいつも胸を切なく震わせながら思う。

つき放されたり無視をされるくらいなら、怒られるほうがよっぽどましだった。

（……国塚さんは前に、俺になら束縛《そくばく》されてもいいと言ってくれたけど、それなら国塚さんのほうはどうなんだよ。俺のこと束縛したくないのか？　それじゃあまるで、俺が一方的に欲しがってるみたいじゃないか……。俺だって、国塚さんになら束縛されてもいいって思ってるのに。思ってるからこそ、こうしてそばにいるのに……）

おそらく、静流が自分の思ったことの半分も素直《すなお》に口に出せる性格なら、ここまで彼も悩む必要はなかっただろう。

常々抱いている悩みや切ない思いを、国塚に告白できないからこそ、静流はここ最近心密《こころひそ》かに葛藤《かっとう》する毎日を送っているのである。

「……今度の写真集、なんてタイトルなの？」

ソファーの上で、おそらく撮影《さつえい》場所を選ぶためのものなのだろう、都内のマップやガイドブックのようなものを眺《なが》めている国塚に向かって、結局悩んだすえに静流がかけた言葉はそんなどうでもいいようなことだった。

「ん？　ああ、タイトルか……。タイトルは『都市《とし》のパラドクス』といって、『不思議《ふしぎ》の国《くに》のアリス』をモチーフにする予定だ。こんな都会のコンクリートに囲まれた空間にも、けっこうたくさん不思議なものが存在しているからな。まぁ、建築物や風景を中心に撮影することになると思うから、もし静流も面白《おもしろ》そうな所を知ってたら教えてくれ」

国塚の言葉に、今度は素直《すなお》に頷《うなず》きながらも、静流は少し意外そうな表情で首を傾《かし》げた。

「建築物や風景ってことは、人物は撮《と》らないってこと？」

静流の質問に、国塚は妙に芸術家めいた長い指先で前髪をかき上げながら、「ああ」と目を細めて微笑《ほほえ》んだ。

「前にも言ったと思うが、このあいだの『星《ほし》ノ記憶《きおく》』は特例として、俺はもう人物メインの仕事はしないつもりだ。むろん、おまえが再び俺の被写体になってくれるってなら話は別なんだがな」

『星ノ記憶』というのは、今年の夏に国塚が友人の丹野に頼《たの》まれて引き受けた写真集のタイトルで、被写体は今をときめく若手人気俳優である二人の青年がつとめた。

この二人の青年の名前は高沢勇気《たかざわゆうき》と桜井若葉《さくらいわかば》といって、芸能界にはとんと疎《うと》い国塚でさえも名前を知っていた超有名人である。

そんな彼ら二人が主演した映画、『月光《げっこう》の夜想曲《ノクターン》』のイメージ写真集としての企画だったのだが、最初はこの仕事を渋《しぶ》っていた国塚も、結果的にはなかなか満足のいくいい仕事ができたと自画自賛するほどのできとなった。

「……俺のことはともかくとしても、国塚さんの撮《と》る人物写真は、透明感があってすごく好きだから、もう見られないのだとしたら悲しい……」

それは、静流の心の底からの嘘偽《うそいつわ》りのない素直《すなお》な感想だった。

国塚自身は、人物写真を苦手にしているらしいのだが、彼の撮影《さつえい》した斬新《ざんしん》でなおかつ透明感のある人物写真のファンは数多い。

もちろん、静流もその数多いファンの中の一人だった。

ただ、自分自身を撮られることに関しては、どうにも気恥《きは》ずかしくて勘弁《かんべん》してほしいという気持ちが大きいのだが……。

(……だって、写真を撮ってる時の国塚さんの瞳《ひとみ》に見つめられてると、なんか妙な気持ちになるんだもの……)

国塚は、普通にしてても充分にハンサムな男なのだが、カメラを持たせると目つきが精《せい》悍《かん》になるぶん、さらに三割増しに男ぶりが上がると感じるのは、おそらく静流の惚《ほ》れた欲目ではないはずである。

実際、静流は国塚の写真集のモデルとして、彼に写真を撮《と》られているうちに国塚をいつしか愛するようになっていた。

そうして何度も擦《す》れ違《ちが》ったり、幾重もの障害や難関をのり越えて、彼らは今こうして一緒《いっしょ》に暮らしている。

幸福なはずなのに、愛されているはずなのに、それでも相手の気持ちが見えにくいと不安に思うのは、自分の我がままなのだろうか？

「お世辞《せじ》でも、静流に俺の撮る写真を好きだと言ってもらえると嬉《うれ》しいよ」

「……俺、お世辞なんて言わない」

まるでビスクドールのように綺麗《きれい》に整った顔に、静流は憮然《ぶぜん》とした表情を浮かべてそう呟《つぶや》いた。

正直言って、お世辞が言えるような器用な性格なら、もう少し静流の人生も変わっていたかもしれなかった。

「ん、静流がお世辞を言えるような性格じゃないことくらい、よくわかってるよ」

形のいい静流の頭を、子供にするように優《やさ》しく撫《な》でながら国塚は屈託《くったく》なく笑った。

人好きのするその笑顔《えがお》が、じつは曲者《くせもの》だとわかっていても、静流は国塚の笑った顔が好きだった。

「……ロケーションの下見、いつから行くんだよ？」

仏頂面《ぶっちょうづら》のままで、それでも仕事の話へと話題を切り替えた静流に、国塚はいとおしさの滲《にじ》むような眼差《まなざ》しで微笑《ほほえ》んだ。

「いちおう、今週中に大まかな場所を決めて、ロケハンは来週に入ってからにするつもりだ。撮影《さつえい》期間は二か月、まぁ、とりあえず年内を予定してる」

コクリと頷《うなず》き、国塚の手元から都内のマップを一冊取り上げると、静流は「変わった建物とか、風景を探せばいいんだろ？」と上目遣《うわめづか》いに年上の恋人の顔を見つめて確認した。

国塚と一緒《いっしょ》に暮らすようになって気づいたことなのだが、どうやら静流も国塚同様に写真に写るよりも写すほうが好きなタイプの人間だったらしい。

国塚自身も、若い頃にモデルをしていた過去があるのだが、その時に写真に写されるよりも写すほうに回りたいと思うようになったらしかった。

今はまだ、なんだか気恥《きは》ずかしくて国塚には告げていなかったが、そのうち機会をみて国塚にも自分が彼のようなカメラマンになりたいのだと静流は告白するつもりでいる。

（……そうしたら、やっぱり国塚さんは驚くだろうか？）

国塚からすれば、自分などまだまだ危なっかしい子供でしかないことはわかっている。

けれど、どんなにそのことが歯がゆくても、国塚の考えていることがわからなくて不安に思っても、それでも静流は国塚が好きだったし、彼のそばから離れたくはなかった。

(国塚さんが何を考えてようと関係ない……。どうせ、どんなことがあっても俺からは絶対に別れてなんかやらないんだから……)

しかし、この時静流はまだ、理由はどうあれ、まさか自分のほうから国塚とは別れたほうがいいかもしれないと考える日がくるとは思ってもいなかった。

それも、その日からたった数週間後にそんな事態に陥るとは、静流は夢にも思ってもいなかったのである。

STAGE 1

国塚《くにづか》香《きょう》の仕事は、いわゆるフリーのカメラマンである。

今までに彼が撮影《さつえい》して出版した写真集は、先日発行されたばかりの『星《ほし》ノ記憶《きおく》』でめでたくもちょうど十冊目と相成《あいな》った。

そして、彼がカメラマンを職業にしてから、もうじき十年になろうとしていた。

今年の年末には三十八歳の誕生日を迎える国塚だったが、年齢のわりにはこの業界では成功しているといってもいいと思われる。

特に、近年になって発行したギリシャ三部作と呼ばれる三冊の写真集は、どれもかなり高い評価を得て、国塚は二年続けてカメラマン協会から賞を貰《もら》った。

その中でも、三部作最後の『背徳《はいとく》のオイディプス』は、国塚のこれまでの作品の中で、自他共に認める最高傑作となった。

作品としての価値だけではなく、この写真集のモデルとなった真田静流《さなだしずる》との運命的な出会いは、国塚のそれまでの人生観を一変させたといっても過言ではない。

街で偶然出会っただけのはずだった美しい少年が、じつは以前愛した女性の息子だと知った時の衝撃と、一時は自分がその彼の父親であるかもしれない可能性に激しく心を揺らしたことを、国塚はあれから一年半が過ぎた今でも、わずかな胸の痛みとともに思い出すことがある。

何故《なぜ》なら、真田静流という名のその少年を、いけないと思いながらも愛してしまった己の『罪』に、国塚は心密《こころひそ》かにずっと罪悪感を抱き続けていたからである。

静流の母親である泉《いずみ》と現在俳優として活躍している丹野《たんの》と国塚は、幼《おさな》なじみだった。

子供の頃から、泉は冷たいほどに整った美しい容姿に似ない快活な少女で、丹野は頭がよくクールで端正《たんせい》な容貌《ようぼう》の少年だった。

それぞれの母親同士が仲がよかったせいもあって、彼ら三人のつき合いは物心ついた頃からずいぶんと長い。

そして、その物心のついた幼い子供の頃から、国塚と丹野は親友であると同時に、泉をあいだに挟んだライバルでもあった。

体格と運動神経では丹野に勝っていた国塚だったが、勉強に関しては常に丹野の方がわずかではあったが国塚より優位にたっていた。

外見的には、精悍《せいかん》で男らしい容姿の国塚に対し、丹野はやや繊細で優《やさ》しげな美貌の持ち主ではあったが、二人とも美形なことには変わりなく、揃《そろ》って上背もあったので、異性にはずいぶんとモテたものである。

当然、国塚も丹野も、年相応《としそうおう》にはそれなりに遊んでいた。

遊んではいたが、国塚の本命はずっと真田泉ただ一人だけだった。

しかし滑稽《こっけい》なことには、丹野のことを必要以上に牽制《けんせい》していたためか、もしくはそれ以外の理由もあったのかもしれないが、高校二年生になるまで国塚が泉に自分の思いを告げることはなかった。

国塚にとって、泉は物心ついた時からずっと、守らねばならない大切なお姫様だった。

そして、そんな泉と丹野との、今の関係を壊してしまいたくないと国塚が思っていたのも、また確かな事だったのである。

しかし、高校二年生の夏休みに、国塚は当たって砕けろの決死の覚悟で泉に自分の長年の恋心を告白した。

本当のことをいえば、泉が自分の告白を受け入れてくれるとは、国塚は正直思ってもいなかった。

何故《なぜ》かといえば、確固とした確信があったわけではなかったのだが、なんとなく泉は自分よりも丹野のことを好いているように、当時の国塚は感じていたからである。

昔から何か悩み事のようなことがあれば、泉は国塚よりも丹野に真っ先に相談することが多かった。

今となっては、それが自分よりも丹野のほうがよっぽど繊細な神経を持っており、女性の立場に立って物事を考えることができる柔軟《じゅうなん》な精神の持ち主だったからだという理由も理解できるのだが、当時のただ若くて猪突猛進《ちょとつもうしん》なだけの国塚にはそんなことがわかるはずもなかった。

そして、長年恋のライバルだと勝手に思い続けていた丹野の泉に対する気持ちが、あくまでも妹に対するような優《やさ》しい愛情にすぎなかったのだと国塚が知ったのは、情けないことにはつい最近になってからなのである。

今から十九年前、国塚は彼のことを思って泉がついた嘘《うそ》を鵜《う》呑《の》みにして、泉のことを少なからず恨《うら》んだ。

そして、その泉同様に、埒《らち》もない噂《うわさ》を信じて、丹野のことさえも国塚は恨んだのだった。

勝手に裏切られたと誤解して、一方的に怒って傷ついて……。

自分だけが傷ついたのならまだしも、国塚の勝手な誤解と思い込みのせいで、丹野や泉のことまでも傷つけてしまった。

丹野には、あれから十数年が過ぎてようやく謝罪することができたが、国塚が自分の過《あやま》ちに気づいた時、泉はすでにこの世の人間ではなかった。

後悔しても、後悔しきれない……。

最後まで国塚のことを愛して思《おも》い遣《や》ってくれていたのだろう彼女の気持ちも知らずに、自棄《やけ》になって荒《すさ》んだ毎日を送っていたあの頃の自分のことが、国塚はいまだに許せなくて仕方がなかった。

そのくせ、国塚は現在、泉の息子である静流と禁断の恋に落ちてしまい、彼を手元に置いているのである。

なんとも皮肉で矛盾した話だった……。

最初は、静流との運命的な出会いを、天国の泉がきっと自分と静流を引き合わせてくれたのだろうと、自分の都合のいいように考えていた国塚だったが、時間が経《た》つにつれてはたして本当にそうなのか？　という疑問を抱くようになった。

(俺は本当に、このまま静流を愛していてもいいのか？)

一時の周囲が見えないほどの恋の激情が去った後、冷静に戻った国塚がそう己へと問うた結果、答えは『ＮＯ』だった。

今さら改めて考えるまでもなく、年若い静流にとって自分のような年齢の男との恋愛はマイナスにしかならない。

そうとわかっていながらも、自分のほうからは静流と別れることもできないことに、国塚は苦い自己嫌悪《じこけんお》を覚えていた。

(……仕方ないさ。愛してるんだ、放せるわけがない……)

このまま愛し続けてもいいのか？　と悩みながらも、愛しているのだから仕方がないと開き直るその矛盾……。

しかし、国塚が悩むのもまた仕方のないことだった。

泉と丹野との関係に破綻《はたん》をきたした後、国塚は極度の人間不信に陥った。

誰かを心の底から信じることも、そして愛することもやめてしまった国塚にとって、静流は十八年ぶりに真剣に恋した相手なのである。

そうそう簡単に手放せるわけもなかった。

ただ、もし静流が心変わりをしたなら、その時はみっともなく彼を追うような真似《まね》は絶対にせずに、潔く身を引こうと国塚は心に決めている。

けれど願わくは、少しでもその時が来るのが遅ければいいのにというのが、国塚の嘘《うそ》いつわりのない本心なのだった。

「……まったく、らしくないことこのうえなしとは、このことだよな」

はぁと深い溜《た》め息《いき》をつきながら、国塚は自慢《じまん》のライカの一眼レフを片手に、新宿《しんじゆく》の高層ビル街の夜景を見上げた。

夜になれば賑《にぎ》わう街の中心部の喧騒《けんそう》からは少し離れた薄暗い路地で、落書きで汚れた灰色のコンクリートの壁へ広い背中を預けながら、口に銜《くわ》えた煙草《たばこ》に昨年のクリスマスに静流からプレゼントされた銀色のアンティーク・ジッポーで火を点《とも》す。

ここ数日、現在手がけている写真集のために都内のあちこちを歩き回っては、適当に気に入ったロケーションで何度かシャッターをきってはいるのだが、決定的な決め手にかけていて、国塚の気分はあまりいいとはいえない状態だった。

（どうも、いまいち仕事のテンションが上がらん……）

この東京の街で、あの有名なルイス・キャロルの『不思議《ふしぎ》の国《くに》のアリス』をモチーフに写真を撮影《さつえい》するという企画を聞いた時は、確かにそれは面白《おもしろ》そうだと国塚は思ったはずだった。

今までは、ほとんど海外で写真を撮《と》っていた国塚だったが、先日、北海道富良野市《ほっかいどうふらのし》を舞台に写真を撮影した『星ノ記憶』の出来が自分で思っていた以上にいいものだったせいもあって、国内での撮影もいいかと思い始めていたところだった。

そこに、古いつき合いであるスポンサーの一人から今回の企画の話があり、国塚は彼には珍しく二つ返事でその仕事を承諾《しょうだく》した。

都会の不思議とパラドクス……。

（……面白そうだと思ったんだがな）

しかし、これが思いのほか難しいのだった。

確かに、変わった形の建物とか街並みとかはたくさんある。

けれど、そこに『何か』の意思を感じられるかといえば、それは『否《いな》』だった。

国塚が求めているのは、超自然的な『何か』の意思が感じられる、そんな異空間的な風景だった。

しかし、これはあくまでも国塚個人の感覚的な問題でのことなので、他者に説明してわかってもらうのは難しいことだった。

「いっそのこと、どこかに時計を持った鼻眼鏡《はなめがね》の白ウサギちゃんでも歩いててくれれば話も早いのに……」

ガラにもなくメルヘンなことを呟《つぶや》きながら、国塚は煙草《たばこ》の紫煙《しえん》を宙へと吐き出した。

今日は、朝からすっかりあたりが暗くなるこの時間帯まで、ほとんど休みなく新宿近辺を中心に歩き続けたため、国塚はずいぶんと疲労していた。

(……年かな?)

そんなことを皮肉に考えながら、ここから少し離れた場所から聞こえる、酔客《すいきゃく》たちの怒声《どせい》や嬌声《きょうせい》へと耳を傾ける。

これからの時間帯、ここ新宿で人けのない通りを一人で歩くのは、あまり安全とは言いがたかった。

「そろそろ帰るとするか……」

そんなことを呟きながら、国塚は短くなった吸いがらを地べたに投げ捨てて靴の踵《かかと》で踏みつけた。

日本でも有数の繁華街《はんかがい》を目の前にしていながら、そこを素通りして家路につくのも味気なく感じないでもなかったが、家で今頃自分の帰りを待っているだろう年若い恋人のことを思うと、自然と駅へ向かう足取りも軽くなる。

昨日までは、午後から大学の講義を自主休講した静流が撮影《さつえい》に一緒《いっしょ》につき合ってくれていたのだが、今日はどうしても抜けられない用事があるとかで、久しぶりに国塚は一人の時間を長く過ごしていた。

考えてみれば、静流と一緒に生活をするようになったこの半年間、放浪癖《ほうろうへき》のある国塚には珍しく、ほとんど毎日定刻には家に戻り、できるだけ静流と一緒に時間を過ごせるようにと心がけてきた。

静流のほうも、大学に入ったばかりで遊びたい盛りだろうに、日付が変わるほど遅くまで出歩くことなど滅多《めった》になかった。

たまには親しい友達と遊んでおいでと国塚が言っても、静流は「それは適当にやってるから」と素っ気なく答えるばかりで、休日も必ず国塚のそばにいてくれる。

無口で仏頂面《ぶっちょうづら》で、しかし、国塚がこれまでに出会ったどんな人間よりも外見も心も美しいあの少年は、滅多に言葉には出さなかったが、確かに自分のことを愛してくれているのだろうことを国塚は知っていた。

そして自分も、今までに出会ったどんな人間よりも、静流のことを大切で愛《いと》しいと思っている。

(これほどまでに愛していて、そして愛されているというのに不安を感じるなんて、もしかすると俺はずいぶんと贅沢《ぜいたく》な男なのかもしれんな)

静流も似たようなことを考えていることなど知らない国塚は、そんなことを心の中で呟《つぶや》きながら嘆息《たんそく》した。

今の、この幸福な一瞬《いっしゅん》を楽しめればいいと割り切れるほど刹那的《せつなてき》にはできていない国塚は、ついどうしても、静流が自分から離れていく時のことばかりを考えてしまう傾向にある。

国塚がそんなことを考えていると知れば、静流は間違いなく怒ることだろう。

自分の本気を疑うのかと、あの清冽《せいれつ》なまでに美しい顔を怒りで染めて、国塚のことを責めるに違いない……。

(まったく、恋愛ってのは難しいもんだな。この年になっても、よくわからんよ)

国塚は、その恵まれた容姿のせいもあって、これまで女に不自由したことはなかった。

泉と別れて以来、その息子である静流と出会うまでは本気の恋など一度もしたことのない国塚だったが、適当な遊びの相手は常に複数存在していた。

中には、国塚のことを本気で愛してくれた女性も何人かいたが、その誰とも国塚は恋愛関係に陥ることはなかった。

それどころか、相手が真剣だとわかると、それとなくその女性とは距離を置くように気をつけていた。

本気の恋愛など面倒くさい。

いつ自分を裏切るかわからないような相手を、決して信用などするもんか……。

ずっとそう思っていたはずだった。

そんな人間不信だった自分が、今になって本気の恋に悩むことになろうとは、人生とは本当にわからないものだと、国塚は少しばかり頭を抱《かか》え込《こ》みたいような気持ちで考えずにはいられなかった。

「まっ、こんなとこでウジウジ悩んでたって仕方ないか……」

路地の途中で立ち止まり、国塚はまるで無数の巨大な光の塔のように空にそびえ立つビルディング群に向かってカメラを向けた。

ファインダーごしに眺《なが》める夜の新宿副都心は、どこか現実離れした硬質な美しさを放っていた。

何枚かシャッターをきった後、国塚はカメラを肩に提げていたケースへしまおうとしたが、不意に少し離れたところでくぐもった男の悲鳴《ひめい》のような声が聞こえたような気がしてその手を止めた。

「……なんだ、喧嘩《けんか》か？」

夜になると、酔客《すいきゃく》や血の気の多い若者やその筋の者で溢《あふ》れかえるこの街では、喧嘩などそう珍しいことではない。

ましてやそれが酔っ払い同士の喧嘩なら、巻き込まれるだけ馬鹿《ばか》を見るとわかっていたのだが、国塚は何やら胸騒ぎを覚えて声のした方向へと足を向けた。

カメラを腕に抱《かか》えたまま薄暗い路地を何本か抜けると、そう広くはない空《あ》き地《ち》のような場所に出た。

そして男が一人、国塚が来た方向とは逆方向の路地へ慌《あわ》てたように駆け去っていくのを見かけ、国塚は嫌《いや》な予感に眉を寄せたのだった。

あたりが薄暗いせいで、はっきりと顔はわからなかったが、とりあえずシルエットから男だということだけは断言できる。

「……？」

一瞬《いっしゅん》姿が見えなくなる前に男がこちらを振り返ったような気がして、国塚は眉を寄せながらそちらへと視線をこらした。

しかし、男の姿はすぐに建物の陰に見えなくなり、国塚はほかに人の気配の感じられない狭い空き地のようなその場所で呆然《ぼうぜん》と立ちつくしたのだった。

だが、確かにほかには人の気配が感じられないものの、わずかに鼻腔《びこう》を掠《かす》める硝煙《しょうえん》と血の臭《にお》いに気づいて、国塚はキッと表情を引き締めた。

（……なんだ？　嫌《いや》な予感がする……）

あたりを薄ぼんやりと照らし出す黄色く変色した白熱灯の灯《あか》りだけを頼《たよ》りに、国塚はとりあえずは周囲を見回した。

そうして、灯りの届かない空《あ》き地《ち》の隅《すみ》の暗闇《くらやみ》に、何やら黒い固まりのようなものが倒れていることに気づき、国塚は険しい表情のままでそちらへ向かって歩き出したのだった。

一歩近づくごとに、その地面に横たわった黒い固まりの輪郭《りんかく》が鮮明になっていき、そのたびに国塚は己の嫌な予感が確信へと変わっていくことを意識しなければならなかった。

「……おい、大丈夫か!?」

案の定、黒い固まりは地面に俯《うつぶ》せに倒れている人間の男で、国塚は慌《あわ》てて駆け寄ると男の身体《からだ》を抱き起こした。

「……！」

しかし、腕の中の男がすでにこと切れていることは医学の知識がない国塚にさえも明白な事実だった。

（……先刻《さっき》、ほかに人の気配を感じなかったのは、すでに生きた人間じゃなかったからってわけかよ……）

国塚は眉を寄せながら、自分の腕の中でぐったりと横たわっている男の身体を、ゾッとした気分で見下ろした。

長く海外を、それも古い遺跡の写真を撮《と》るために、いわゆる危険地帯を渡り歩いていた国塚は、目の前で人が死んでいく光景を何度か見ていた。

だからといって、これは何度経験したところで慣《な》れるような事柄《ことがら》ではないし、ましてやここは文明の遅れた未開の地でもなければ、貧困と暴力にまみれたスラム街でもないのである。

国塚は低く舌打ちをしながら、改めて男の亡骸《なきがら》を見下ろした。

そして、男の身体《からだ》の胸元をしとどに濡《ぬ》らすどす黒い液体の存在に気づき、男が心臓麻痺《しんぞうまひ》か何かの急な病《やまい》で命を落としたわけではなさそうだということに気がついたのだった。

外傷から見て、行き着く答えはこの場合、もっとも最悪なものだった。

「まさか、殺人なんて言わないでくれよ……」

男の身体にはまだ温《ぬく》もりが残っていて、死後硬直もしていないようだった。

だとしたら、男が命を落としたのはつい先刻《さっき》のことだということになる。

もしかすると、国塚が聞いた悲鳴《ひめい》のような声は、この男が発したものなのかもしれなかった。

(俺がここに来るまで、そう時間はかかってないはずだ……。てことは、即死だったたってことか……)

痛ましげにまだ若い男の亡骸《なきがら》を地面にソッと下ろすと、国塚は周囲に注意を払いながら懐《ふところ》から携帯《けいたい》電話を取り出し、警察へ連絡をいれた。

そうして、ことの顚末《てんまつ》を手短に電話口に出た警官に話し、「お手数ですが、そのまま現場でお待ちください」と言われて、国塚は渋々《しぶしぶ》了承したのだった。

しかし、こんな薄暗い場所で死体と二人っきりというのもゾッとしない話だったので、国塚は警官が駆けつけてくるまでのあいだ、空《あ》き地《ち》の入り口である路地の前で待つことにした。

抱《かか》えたままだったカメラを、ようやく肩にかけたケースに収め、路地の朽《く》ちた木の壁に身を寄せた国塚は、自分がこの場についた時に、入れ違いに走り去っていった男がいたことを思い出し形のいい鼻の頭に皺《しわ》を寄せた。

（あれが、犯人だった可能性があるってわけだな……）

男が逃げていった方向へと、ほとんど無意識に足を進めながら、国塚はなんだかまるで夢の中の出来事のようだと、今のこの状況のことを考えていた。

ここからほんの少し離れた場所では、きらびやかなネオンに囲まれた賑《にぎ》やかな夜の街が広がっているというのに、ほんの二、三本路地を入った途端に、こんな薄暗いさびれた場所で人が殺されている……。

こんなことが本当に現実なのだろうかと、国塚は彼らしくもない真剣さで考え込んでしまったのだった。

冷静を装いながらも、じつはけっこう動揺《どうよう》していたらしかった。

そんなことをぼんやり考え込みながら、男が逃げていった路地へと足を踏み入れた国塚は、剝《む》き出《だ》しの土の上に、何やらキラリと光るものが落ちていることに気づいて、目を細めながら身を屈《かが》めた。

「これは、ギター・ピック……？」

上半分が赤で、下半分は赤と金の格子模様《こうしもよう》になっている、その小さくて薄いプラスチック片を拾い上げた国塚は、もしかすると犯人の遺留品《いりゅうひん》かもしれないと考え、ジーンズの後ろポケットから取り出したハンカチの上へ慎重にそれをのせた。

なるべく指紋《しもん》をつけないように気をつけながら、ハンカチの上でギター・ピックを引っくり返した国塚は、上半分の赤い部分に黒で小さく何やら文字が書かれていることに気づき眉を寄せた。

（まさか、持ち主の名前でも書いてあるんじゃないだろうな。もう少し明るいところに移動して、文字を読んでみるか……）

国塚は、空《あ》き地《ち》の外れにある白熱灯の真下へと移動すると、改めてそのギター・ピックへ視線を落とした。

どうやら文字はローマ字を筆記体で書いたものらしく、『ジャバウォック』と読み取ることができた。

「……なんだ？　何か店やバンドの名前か？」

まったく意味のわからない言葉に閉口した国塚は、溜《た》め息《いき》をつきながらそのギター・ピックをハンカチにくるんで己のジーンズのポケットにしまった。

素人《しろうと》である自分にはわからないことだが、警察に渡せばなんらかの手がかりになるかもしれない。

ほかにも何か落ちてないかと、何度か同じ場所を往復してみたが、ほかには特にめぼしいものは見当たらなかった。

こうなると、再び手持ち無沙汰《ぶさた》に戻ってしまい、国塚は当惑《とうわく》したように溜め息をついたのだった。

(そうだな……。あんまり帰りが遅くなると、静流が心配するだろうから連絡をいれたほうがいいか)

なるべく殺人現場にいるという事実から目を逸《そ》らしたい国塚は、おそらく今頃マンションで自分の帰りを待っているだろう可愛《かわい》い恋人のことを考えることにした。

愛してはいけないと思いながらも、愛さずにはいられない綺麗《きれい》で可愛い静流……。

初対面の人間には、必ずといっていいほど実年齢より上に見られる、そのクールで大人びた容姿に反して、中身は初めて会った頃と変わらずに、いまだに人馴《ひとな》れしない不器用な子供のままの静流……。

それでも、最初に『好きだ』と言ってくれたのは静流のほうからだった。

あの頃も、大人の狡《ずる》さで自分を恋い慕う静流の一途《いちず》な視線から逃げることばかり考えていた国塚に、静流はその瞳《ひとみ》同様の真摯《しんし》さで「俺、国塚さんが好きだ」と告白してくれた。

三十半ばのその年まで、まったくのストレートで同性に興味《きょうみ》のなかった国塚が一目で惹《ひ》かれたほどの美貌《びぼう》と、その外見に見合った純粋で汚《けが》れのない中身を合わせもった静流に全身全霊をかけて愛を告白されて、聖人君子《せいじんくんし》でもなければ好意を抱いている相手からの誘惑《ゆうわく》を無視できるほど枯《か》れてもいない国塚が、その告白に揺れないわけがなかった。

正直いえば、静流に好きだと言われるずっと前から、とっくに国塚は静流の魅力《みりょく》にまいっていたのである。

静流のほうから告白されなくても、遅かれ早かれ静流のそばにいる限り、国塚の自制心が焼き切れるのは時間の問題だったのだ。

今になって冷静に考えてみれば、告白されたその日に静流を押し倒してしまった自分はけっこう最低の男の部類に入ると自嘲《じちょう》を禁じえない。

さらには、その記念すべき『初めて』の場所が、バスルームだったことを考えれば、自分がどれだけ獣《けもの》だったのかわかるというものである……。

どんな美女が相手でも、その関係はあくまでもクールでドライを貫き通し、本気の恋の意味などとっくに忘れかけていた国塚にとって、静流との恋愛は新鮮であると同時に、かつてないほどの動揺《どうよう》と混乱を与えてくれるものでもあった。

好きだから、相手を独占《どくせん》したいと思うのは、恋する人間として当然の欲望である。

国塚とて、当然静流のことを束縛《そくばく》して自分だけのものにしたいという欲望が、心の内に宿っていた。

けれど、彼はその欲望を表面に出すことは決してなかった。

静流が誰と一緒《いっしょ》にいても、誰と仲良くしていても、表面上では大人の余裕を取《と》り繕《つくろ》ってきた。

そんな国塚の態度に、静流が心密《こころひそ》かに不満を抱いていることにも、何事にも聡《さと》い国塚は気づいていたが、あえて見て見ぬふりをし続けてきた。

静流に嫉妬《しっと》され独占されることはかまわない……。

けれど、自分が静流を拘束《こうそく》し独占することを、国塚は己自身に許すつもりはなかった。

おそらく、一度たがが外れたら、自分は誰よりも嫉妬深く厄介《やっかい》な男となることだろう。

まだ若く、これから無限の輝かしい未来が待つであろう静流を、そんな自分の勝手な欲望の檻《おり》に閉じ込めておきたくはなかった。

そのせいで、どこか静流に対して一歩引いた態度に出てしまい、それが静流を不安にさせ苛《いら》つかせているのだということも国塚はわかっているのだった。

誰よりも愛しているからこそ、静流を自分のもとに縛《しば》りつけておくことができない。

誰よりも愛しているのに、その気持ちをすべてさらけ出して静流を自分だけのものにすることができない。

悲しくも愚《おろ》かしい、これが国塚の中の恋愛のパラドクスだった。

「まさか、この年になって毎日頭の中が恋人のことでいっぱいになるとは思ってもいなかったよな……」

手持ち無沙汰《ぶさた》に、懐《ふところ》から再び煙草《たばこ》を一本取り出すと口に銜《くわ》えた。

一時期やめていたのに、最近になってまた喫煙《きつえん》の癖《くせ》がついてしまったのは、やはりそれなりにストレスがたまっているせいなのだろう。

心底惚《ほ》れてる相手を目の前に、その気持ちをセーブし続けるのは、思いのほか心身ともに疲労するものらしかった。

「……ん？　ご到着かな」

フォンフォンという、耳ざわりなサイレンの音が徐々に近づいてくる気配に、国塚は端《たん》正《せい》な顔を顰《しか》めながら壁から背中を離した。

この空《あ》き地《ち》へ続く路地はどれも狭すぎるので、車は途中までしか入ってこられない。

案の定、途中で車を降りたらしく、こちらへ足早にやってくる複数の人間の乱雑な足音や怒声《どせい》であたりが途端に賑《にぎ》やかになった。

「すみません！　通報者の方、いらっしゃったら返事してください！」

眩《まばゆ》い幾筋ものライトに照らされながら、先頭を歩いてた若い刑事の声に、国塚は煙草《たばこ》を地面に投げ捨てながら「ここです」と低く答えた。

「私は、新宿南《しんじゅくみなみ》署の佐倉《さくら》といいます。さっそくですが、あなたが目撃した被害者の遺《い》体《たい》はどちらに？」

制服警官が四人と、私服の刑事が三人、そのうちの最初に国塚に声をかけた若い男が、路地の暗がりから姿を現した国塚へ向かって駆け寄ってきた。

洒落《しゃれ》た身なりの、刑事にしては線の細い整った顔立ちの男だった。

佐倉と名乗った声や口ぶりも、もの柔らかで丁寧《ていねい》で好感の持てるものである。

刑事と名のつく人種はみんな、粗野《そや》で横暴《おうぼう》だと勝手に思い込んでいた国塚は、そんな佐倉の態度に少なからず意外な気持ちになりながらも、素直《すなお》に死体のある方向を指差して彼へ示してみせた。

「あちらの空《あ》き地《ち》の右手の隅《すみ》の方です」

「申し訳ありませんが、案内していただけますか？」

長身の国塚を見上げるようにして佐倉が問うのに、国塚はやはり素直に頷《うなず》いて彼らを現場へと案内した。

「……ああ、こりゃあ拳銃《けんじゅう》で撃たれてる。心臓に一発、即死だな……」

佐倉よりも先に、彼の傍《かたわ》らにいた年配の小柄《こがら》な刑事が身を屈《かが》めて、地面に血を流しながら横たわっている死体の様子を見てそう呟《つぶや》いた。

「暴力団関係でしょうかね……」

「ああ、まぁそんなところだとは思うがな。おい、鑑識《かんしき》が来る前に、ちゃっちゃと明かりの用意しろ！」

年配の男は、台詞《せりふ》の前半を佐倉に、そして後半を背後で待機していた制服警官へと大声で告げた。

国塚は、そんなそれまでテレビドラマの中でしか見たことのなかった光景をもの珍しげに眺《なが》めていたが、不意に横顔に強い視線を感じてそのほうへ顔を向けた。

「……？」

そこに立っていたのは、三人いた私服の刑事の残りの一人で、ビシリとそつなくスーツを着こなした、見るからにキャリアとわかる目つきの鋭い男だった。

年の頃は、おそらく国塚と同じくらい。

しかし、自由業のせいかいまだにどこか落ち着きのない国塚とは違って、年相応《としそうおう》かもしくはそれ以上の落ち着いた物腰と容姿の持ち主だった。

なんだか睨《にら》まれているようだと困惑《こんわく》しながらも、男の顔に微《かす》かに見覚えがあるような気がして国塚は眉を寄せて首を傾《かし》げた。

「影山《かげやま》警部、害者の身元ですが、内ポケットに財布《さいふ》が入っていて、その中から免許証《めんきよしよう》が出てきました。『迫田健二《さこたけんじ》、二十六歳』とあります」

「わかった。すぐに、ここ最近の彼の身辺を洗ってくれ。怨恨《えんこん》関係を中心にな……」

死体のそばに屈《かが》んで、何やら熱心に調べていた年配の刑事が、そう言って財布を片手に自分よりも年下の上司のもとへ駆けていくのを眺《なが》めながら、国塚は心の中で『影山？』とやはり聞き覚えのある名前に首を傾げた。

「……影山充《みつる》か？　早稲田《わせだ》で同期だった……！」

ようやく朧《おぼろ》げな記憶《きおく》の糸を辿《たど》って答えを見つけた国塚の意外そうな声に、目つきの鋭い現職エリート警部は、途端に柔和《にゆうわ》に目を細めて頷《うなず》いた。

「ああ、こんなところでおまえと会うとは思わなかったよ、国塚香。久しぶりだな」

「そうだな、十何年ぶりだ？　あんまり変わったから、全然わからなかった。そうか、おまえ警察に入ったんだったたっけな」

国塚の正直な感想に、影山は苦笑を浮かべてみせた。

そうして、傍《かたわ》らで驚いたように自分と国塚のやりとりを聞いていた年配の部下に向かって手短に指示を出した後、国塚を手招きして影山は現場から少し離れた場所に移動した。

「おまえが変わらなさすぎるんだ、俺はすぐにおまえだってわかったからな。そういえば昨年の同窓会、おまえは来てなかったが、ほかの奴等《やつら》なんてもっとオッサンになってたぞ。村山《むらやま》なんて、ハゲてたしな」

「ちょうど仕事で海外へ行ってたんだよ。へぇ、村山の奴、ハゲたのか、可哀想《かわいそう》にな」

大学時代は、けっこう色男を気取っていた同級生の名に、国塚は当時あまりその同級生とはそりが合わなかったこともあって、意地の悪い微笑を口元へ浮かべた。

そんな国塚のことを呆《あき》れたような眼差《まなざ》しで見ていた影山だったが、不意に真顔に戻ると
「本来ならゆっくりと旧交を温めたいところなんだが、ことがことだからな……。事情《じじょう》聴取《ちょうしゅ》させてもらうことになるがかまわないか？」と尋《たず》ねた。

目が刑事に戻っている。

「ああ、かまわないぜ。警察に協力するのは、善良な市民の義務だからな。何から話せばいいんだ？」

先刻《さっき》までの静寂《せいじゃく》が嘘《うそ》のように、すっかり警察関係者で賑《にぎ》やかになった周囲に目をやりながら、国塚は目の前の学生時代の友人に向かって質問を促した。

「そうだな……。とりあえずは、害者の死体を発見するまでの経緯を聞かせてもらうとするかな。佐倉！　第一発見者の事情聴取をするから、こっちに来い！」

忙しそうに死体の周囲を走り回っていた若い刑事の名を影山が呼ぶと、まるで躾《しつけ》の行き届いた従順な犬のように、佐倉は影山のもとへと走り寄ってきた。

「はい……。ええっと、名前と念のために住所を教えていただけますか？」

「えっと、名前は国塚香。住所は恵比寿《えびす》で……」

国塚の答えをテキパキと警察手帳に書きとめていた佐倉だったが、書き終えると不意に好奇心《こうきしん》をたたえた大きな瞳《ひとみ》を瞬かせて国塚のことを見上げた。

「もしかして、ご職業はカメラマンをなさってるんじゃないですか？」

「ええ、まぁ……」

国塚はギリシャ三部作が売れてからは、時々雑誌やテレビの取材を受けるようになっていて、それなりに世間に顔を知られるようになっていた。

特に最近では、そのルックスが人気俳優の間宮武士《まみやたけし》に似ているとかで、女性誌の取材が激増して断るのに苦労していたりする。

そんなこともあって、初対面の相手が自分を見知っていたとしても、近頃ではあまり驚かなくなった。

「ああ、やっぱり。先日、雑誌でピアニストの里見貴士《さとみたかし》と対談しているのを読んで、お顔を知ったんです。じつは、かなり前からあなたの写真のファンだったんで、こんなかたちですがお会いできて嬉《うれ》しいです。僕、学生時代、写真部だったんですよ」

優《やさ》しげな美貌《びぼう》の青年刑事にニッコリと嬉しげに微笑《ほほえ》まれて、国塚はそう悪い気もしないで「ありがとう。俺なんかのファンになってくれて光栄だね」とこれまたニッコリと微笑み返した。

途端に頬《ほお》を染める佐倉の姿に、影山は苦虫を噛《か》み潰《つぶ》したような顔つきになって「おい、国塚……」と剣呑《けんのん》な声で国塚の名を呼んだ。

「うちの有能な若手に手を出すなよ」

「失礼な奴《やつ》だな。俺はそこまで節操《せっそう》なしじゃないぞ」

静流とつき合うようになって、どうも自分はそれなりに綺麗《きれい》なら男もいけるらしいと自覚はしていたが、静流がいるのにほかに手を出す勇気も元気も国塚にはなかった。

「あ、警部……。もしかして国塚さんとお知り合いなんですか？」

小首を傾《かし》げる佐倉に、影山は素っ気なく「大学時代の同期だ」と答えた。

「えっ、同期ってことは、国塚さんと警部って同じ年なんですか！」

見えないですね、と続ける佐倉には、おそらく悪気はないのだろう。

「うるさい。言っとくが、俺が老《ふ》けてるんじゃなくて、こいつが若作りなだけだからな」

「俺、べつに若作りなんてしてないぜ」

軽口を叩《たた》いて影山に睨《にら》まれた国塚は、笑いながら佐倉に向き直ると、「ごめん、続き話そうか？」と死体のある空《あ》き地《ち》の方へと視線を向けた。

「あ、状況もわきまえないで、はしゃいでしまってすみませんでした。えっと、被害者の遺体《いたい》を発見した経緯を、できるだけ詳しく話していただけますか？」

頬《ほお》を染めながらも己の職務に戻った佐倉の質問に、国塚は新作写真集の撮影《さつえい》のために新宿に来ていて、そろそろ帰ろうかと思いながら一服していた時に、男の悲鳴《ひめい》らしき声を聞き、気になってここまで様子を見に来たこと、そして逃げていく男性らしき人影を見たことなどの状況を、できるだけ細かく話した。

「逃げていく人影、男に間違いないのか？　顔は見てないのか？」

「ああ、背格好《せかっこう》からいって男なのは確かだ。残念だが、顔はまったく見てない。この辺は薄暗くて、あまり視界がよくないからな……」

逃げていく途中で、男は一度背後を振り返ったようだったが、国塚の位置からでは男の顔の判別は難しかった。

どんな細かいことでもいいから覚えていないかと言われたが、脳裏《のうり》に残る男の姿は、どう考えても黒い影法師《かげぼうし》のようなシルエットでしかなかった。

「すまない……。手がかりになりそうなことは何も見てない」

「……そうか。あと、害者らしき男の悲鳴を聞いた後、銃声は聞かなかったか？」

腕組みしながら眉を寄せている影山にそう尋《たず》ねられたが、それについても国塚には記憶がなかった。

「いや、聞いてないな」

「ふーん、サイレンサー付きだとしたら、やはりプロの仕事かもしれんな」

厳しい顔で呟《つぶや》く影山に、国塚の証言を細かくメモに取っていた佐倉が顔を上げて、「警部、鑑識《かんしき》がついたみたいです」と声をかけた。

「ああ、わかった。国塚、いろいろと引き止めてすまなかったな。もう、帰っていいぞ。もしかすると、後日状況の確認のために連絡を入れることがあるかもしれんが、その時はまた頼《たの》むよ」

後続の警官と鑑識官のせいで、狭い空《あ》き地《ち》は今やほとんど満員御礼の有《あ》り様《さま》だった。

「そうか、それじゃあ俺はこれで失礼するよ。できれば、事件がらみ以外で連絡くれよ。久しぶりにつもる話もあるだろうからな」

軽く友人の肩を叩《たた》いてからこの場を後にしようとした国塚だったが、途中で「国塚」と名前を呼ばれて足を止めた。

「訊《き》き忘《わす》れてたが、おまえ結婚は？」

影山の質問に、国塚は苦笑しながら首を左右に振った。

国塚は、今までに誰かとの結婚を考えたことなど、ただの一度もない。

そして、おそらくは日本の法律が変わらない限りは、これからも一生結婚などすることはないだろう。

「いや、いまだに気軽な独《ひと》り身《み》さ。おまえのほうはどうなんだ？」

「……俺も、今は独りだ……」

気のせいかもしれないが、一瞬《いっしゅん》影山の表情が曇ったように感じられて、国塚は切れ長の目を探《さぐ》るように眇《すが》めた。

しかし、あくまでも軽い口調で「それじゃあ、寂《さび》しい独《ひと》り身《み》同士、これからはたまに飲みに行こうぜ」と言うと、影山に向かって片手を上げて今度こそその場を後にしたのだった。

そして国塚が、己のジーンズのポケットに入れたままだったギター・ピックの存在に気づいたのは、その事件からすでに三日が過ぎてからのことだった。


「……やばい、すっかり忘れてた……」

わりあいビンテージもののジーンズを好む国塚には、ジーンズを頻繁《ひんぱん》に洗濯するような習慣がない……。

そのため、事件のあった日に穿《は》いていたジーンズは、そのままいつもどおり自室のクローゼットにしまっており、今朝、朝刊を読むまでは、すっかりポケットの中の物についてて忘れていたのだった。

「何？　どうかしたの？」

リビングのソファーの上で、新聞を開いたまま低く唸《うな》っていた国塚に、トレイに二人分のコーヒーカップをのせてキッチンから出てきた静流が訝《いぶか》しげに声をかけてくる。

「……いや、このあいだの、俺が死体の第一発見者だった事件だけど、今朝の新聞に『警察は暴力団同士の諍《いさか》いの線で捜査を進めているが、現場に犯人の遺留品《いりゅうひん》らしきものがまったくないために捜査は難航《なんこう》している』って書いてあるんだが……」

「ああ、死んでた奴《やつ》って、××組系暴力団の構成員で、麻薬《まやく》所持の前科があったってニュースでやってたっけ。どーせ、また麻薬がらみなんじゃないの。悪いことするから罰《ばち》が当たるんだよ」

淡々とした口調で至極《しごく》真っ当な意見を述べた静流は、国塚にコーヒーカップを手渡した後、少しのあいだ迷った様子を見せたが、結局自分もコーヒーカップを片手に国塚の隣《となり》へと腰をかけた。

「まぁ、そりゃあそうなんだろうがな……」

「何、何か気になることでもあるの？」

両手でコーヒーカップを持って、わずかに上目遣《うわめづか》いで自分を見つめている静流が、これでも自分のことを心配してくれているのだと国塚は知っている。

あの日、結局なんの連絡も入れずに帰りが遅くなった国塚に最初は怒っていた静流だったが、事情を聞いた途端に蒼白《そうはく》な顔色で、今度からは独《ひと》りであまり危ないところには行かないでと国塚に縋《すが》りついた。

拳銃《けんじゅう》を持っていた犯人と、もっと早く鉢合《はちあ》わせしてたら、もしかしたら国塚だって無事ではすまなかったかもしれないのだと静流に泣きそうな顔で詰め寄られて、今さらのように国塚も背筋が寒くなるような気持ちを味わった。

あの時は、あまりにも現実味のない目の前の事実に呆然《ぼうぜん》としていて、己の身の危険にまで思考が及ぶ余裕はなかった。

(そうだよなぁ、人間いつどうなるかなんてわからんもんな……)

人生なるようになれと、意外に運任せの国塚は、それまであまり自分の命に執着心《しゅうちゃくしん》を持っていなかった。

他人との深い関《かか》わりを嫌い、誰のことも本気で愛さずにきた彼は、自分自身のことさえもどうでもよかったのである。

けれど、静流と出会って、自分にとって失いたくないと思える大切な相手ができて、国塚は自分自身に対しても『欲』を持つようになった。

静流が悲しむ顔は見たくない。

なるべくなら、自分がそばにいるあいだだけでも、彼には笑っていてほしかった。

「……じつは、あの日現場で拾った物があってな。もしかすると犯人の残していったものかもしれないと思って、ハンカチにくるんで拾っておいたんだが、警察に渡すのをすっかり忘れてたよ……」

「あんた、けっこうそういうところ抜けてるよね」

静流の呆《あき》れたようなもっともな意見に苦笑を浮かべながら、国塚は手に持っていたコーヒーカップをテーブルの上に置くと立ち上がった。

「確か、ジーンズの後ろポケットに突っ込んでそのままのはずなんだが……」

呟《つぶや》きながら自室へ向かうと、静流も立ち上がって後をついてきた。

表情にはあまり出ないが、これでけっこう静流は好奇心《こうきしん》が旺盛《おうせい》なのである。

「あった、これなんだけど……。あ、指紋《しもん》をつけるなよ」

「わかってるってば」

拗《す》ねたように唇《くちびる》を尖《とが》らせながらも、静流は国塚の手元を覗《のぞ》き込《こ》んだ。

「……ギター・ピック？」

「ああ、裏にちょっと意味のわからない言葉が書いてあるんだが、もしかしたら、静流くらいの若い子なら知ってるのかもしれないな」

そう言って、ハンカチの上でギター・ピックを引っくり返し、静流に見やすいように差し出した。

「え、なんて書いてあるの？」

大学生にもなって、いまだに少々英語が苦手らしい静流に困惑《こんわく》したように顔を顰《しか》められて、国塚は思わず苦笑しながらも筆記体で書かれた文字を読んでやった。

「たぶん、『ジャバウォック』と書いてあるんだと思うんだが、どこかの店の名前か、それともバンドの名前か……。聞き覚えはないか？」

この国塚の質問に、静流は何故《なぜ》か妙な表情になった。

どうしたのかと眉を寄せると、静流は今度は呆《あき》れた表情で「なんで、あんたがわからないんだよ」と答えた。

「どういう意味だ？」

「だって、『ジャバウォック』っていえば、『アリス』に出てくる怪物《かいぶつ》の名前だろ？　あんた、今の仕事って『アリス』をモチーフにしてるって言ってたじゃないか。なんで知らないんだよ」

静流の台詞《せりふ》に、今度は国塚が困惑《こんわく》した表情になる番だった。

いちおう、今回の仕事を引き受けてから、はるか昔、子供の頃に一度読んだきりの『不思議の国のアリス』を再読してみたが、その物語のどこにも『ジャバウォック』なる怪物が登場していた記憶が国塚にはなかった。

「静流、本当に『不思議の国のアリス』の中に、そんな怪物が出てくるのか？」

国塚の質問に、静流は再び妙な表情になった。

「違うよ、『不思議の国のアリス』じゃなくて、『鏡《かがみ》の国《くに》のアリス』のほう」

その台詞に、国塚は途端に気が抜けたように肩を落とした。

英国オックスフォード大学の講師だった、本名チャールズ・ラトウィッジ・ドジスンことルイス・キャロルが生み出した美少女アリスは、有名な『不思議の国』以外にも、じつは『鏡の国』へも冒険の旅に出ているのだった。

あまりにも有名な前作に比べれば、その続編にあたるこちらはそれほどポピュラーではなかった。

実際、国塚も今回の話を引き受けるまでは、『不思議の国のアリス』に続編が存在していることなど知らなかったのである。

だいいち、この年になってまさか、『不思議の国のアリス』を再読することになるとは思ってもいなかった。

「……そっちは読んだことないんだ。仕事に直接関係あるのは、『不思議の国』のほうだったからな。だいたい、俺みたいなオッサンが読む本でもないだろ。それにしても、静流はよく知ってたな」

国塚のようなイイ年した大の男が『アリス』を読むのも笑えるが、基本的に小説全般に興味《きょうみ》のなさそうな静流が『鏡の国のアリス』を知っているのも、冷静に考えてみれば不思議な話だった。

国塚が知る限り、静流が読んでいるのはバイクや車関係の雑誌や週刊で発売されている少年漫画誌《しょうねんまんがし》ぐらいのものだったはずである。

そんな心情が顔にも出ていたらしい国塚に、静流は少しだけ照れたような表情で俯《うつむ》くと呟《つぶや》いた。

「……俺、大学で児童心理学とってるからさ。ちょうど今、授業でルイスやエンデをやってるとこなんだ。普段なら、あんまり真剣に読まないんだけど、国塚さんが仕事で『アリス』をモチーフに写真を撮《と》るって言ってたから……」

言外に、それで本を読む気になったのだと、静流のほのかに頰《ほお》に朱《しゅ》の散った顔がそう語っていた。

国塚は、そんな恋人のことを慈《いつく》しむように目を細めて見つめながらも、口元には自嘲《じちょう》にも似た苦い笑《え》みを密《ひそ》やかに浮かべていた。

（……たまらない気持ちになるのは、こういう時だな……）

初めて会った時、静流は他人に甘えることを知らない、不器用で可哀想《かわいそう》な子供だった。

当然、恋愛の駆け引きなど知るはずもなく、国塚に対しても、その素直《すなお》で率直な気持ちをただ真っ直ぐにぶつけるだけだった。

だが、その素直な一途《いちず》さにこそ、国塚は囚《とら》われてしまったのだった。

年齢がずいぶんと離れているせいもあったが、静流のぶっきらぼうで口が悪いところまでも国塚には可愛くて仕方がない。

「……俺のために本を読んでくれたのか？」

優《やさ》しく低い声で囁《ささや》くと、静流は美しい目尻《めじり》を赤くして「べ、べつにそんなわけじゃないけど……」と呟《つぶや》いた。

しかし、すぐに真剣な表情に戻ると、今度は毅然《きぜん》と顔を上げて、「でも、少しでも役に立ちたいと思ったのは本当」と言って国塚の顔を窺《うかが》うようにして見上げたのだった。

「ん、ありがとうな」

微笑《ほほえ》みながら、目の前の完璧《かんぺき》なまでに美しく整った小さな顔へ、ソッと指を伸ばす。

ともすれば『人形のように』と表現されるその美貌《びぼう》の中でも、黒曜石《こくようせき》の輝きを放つ生気に満ちた瞳《ひとみ》が、何よりも静流の一番の魅力《みりょく》なのだと国塚は思う。

静流の汚《けが》れを知らない澄《す》んだ瞳に見つめられると、胸が締めつけられるような愛《いと》しさを彼は感じるのだった。

なめらかな頬《ほお》を指でゆっくりと辿《たど》り、少し乾いた感触の薄い唇《くちびる》へ指先を触れると、静流は一瞬《いっしゅん》切なげに瞳を揺らしてから瞼《まぶた》を静かに閉じた。

そんな従順な静流の態度に、国塚は我知らず苦悩するかのように端正《たんせい》な顔を歪《ゆが》めて唇を噛《か》んだ。

「……静流」

年若い恋人の名を呼びながら、躊躇《ためら》いがちに口づける。

このところ、国塚は静流に触れることに罪悪感を感じるようになっていた。

今さらのことだったが、自分はもしかして静流が知る必要のなかった快楽を彼に教え込んだのではないのかと後悔している。

軽く触れただけで離れた国塚の唇《くちびる》の感触に、静流は訝《いぶか》しむような表情で目を開いた。

「……『ジャバウォック』が何かはともかくとして、とりあえず早くこれを警察に届けなければな……」

そんな静流の視線にごまかすように笑顔《えがお》を浮かべると、国塚は手にしたギター・ピックを再びハンカチにくるんで、ベッド脇《わき》のローチェストの上へ置いた。

「静流、そろそろ大学に行く時間じゃないのか？」

国塚の言葉に、静流は傷ついた表情で唇を噛《か》んだ。

いくらなんでも、今のはさすがにわざとらしかったかと、静流の様子を見て国塚は内心反省した。

「……国塚さん、俺のこともう厭《あ》きちゃった？」

傷ついた瞳《ひとみ》を揺らしながら、自嘲《じちょう》するように力なく微笑《ほほえ》む静流に、国塚はまさかと驚いたように首を左右に振った。

「そんなわけないだろ。どうして、突然そんなことを言うんだ？」

宥《なだ》めるような国塚の声音に、静流は悲しげな表情で己の顔を両手で覆《おお》った。

「……だって、国塚さんいつから俺のこと抱いてないと思ってんだよ。べつに、セックスが愛情表現のすべてだとは思わないけど、最近じゃキスだってまともにしてない。俺のことが重荷になったんなら、はっきりとそう言ってよ。いくら俺が鈍くたって、避けられてることくらいわかるんだよ……」

　今の自分の態度を続ければ、遅かれ早かれこうなるだろうことは国塚も予測していた。

　悲しませたいわけでも、傷つけたいわけでもない。

　ただ、自分の中の『迷い』が、静流に触れることを躊躇《ためら》わせているだけだった。

「静流、俺はおまえを重荷になんて思ってないよ」

　静かで落ち着いた声音で答えた国塚に、静流は今にも泣きだしそうに瞳《ひとみ》を揺らし唇《くちびる》を震わせながら、「それじゃあ、なんで？」と呟《つぶや》いた。

「そうだな……。たぶん、俺こそおまえの重荷になりたくないと思ってるからだろうな」

　思いもよらない言葉を聞いたと、切れ長の目を大きく見開く静流に、国塚は苦く笑いながらそっと指を伸ばした。

　猫《ねこ》でもじゃらすような手つきで静流の頬《ほお》を撫《な》でて、サラリとした感触の長めの黒髪を指先で梳《す》き上《あ》げる。

「……おまえの若さが、俺は不安なんだ」

「そんなこと、俺があんたから見れば、てんでガキなことくらい最初からわかってたことじゃないか。わかってて、それでもあんたは俺のことを受け入れたんだろ？　責任とるって言ってくれたの嘘《うそ》なのかよ？　それとも、そう言ったことさえ後悔してるのか？」

　髪に触れていた国塚の手を取ると、静流は長い睫毛《まつげ》を伏せながらその国塚の手を己の唇《くちびる》へ押し当てた。

「だとしても、今さらそんな理由で俺から離れるなんて、絶対に許さないからな。俺のことが嫌いになって、顔も見たくないってならわかるけど、あんたお得意の大人の事情とかで勝手に悩んで俺から離れようとしてるんだとしたら、絶対に納得なんてしてやらない」

考えてみれば、これは彼らのあいだで最初の時から何度も繰り返されたやりとりだった。

「……おまえは若くて綺麗《きれい》で、その気になればどんな女も男も、たやすく手に入れることができるだろう。何もわざわざ、俺みたいなイイ年したオヤジの相手しなくてもいいとは思わないか？」

三十代も後半になるというのに、白髪《しらが》一本ない豊かな黒髪と、精悍《せいかん》で引き締まった身体《からだ》と容姿の持ち主であるくせに、国塚はそう言うとやや自虐的《じぎゃくてき》に笑った。

「……嫌《いや》だよ。まさか、もう忘れたわけじゃないよな？　先にあんたのことを好きになったのは、俺のほうだったってことをさ……。一度目はまったく相手にしてくれないあんたにくじけかけて、二度目はもしかすると実の親子かもしれないと知って諦《あきら》めかけた。あんたは、俺ならどんな相手でもたやすく手に入るって言うけど、あんたを手に入れるのに俺がどれだけ苦労したと思ってるんだよ。

苦労してようやく手に入れて、こうしてそばにいられるようになったってのに、俺が物わかりよくあんたから離れてやるなんて思うなよ。絶対に俺からは、あんたから離れてなんかやらない……。

それに俺は、あんたみたいに大人じゃないから、あんたがもしも俺を嫌いになったのだとしても、絶対に諦《あきら》めない。ストーカーにでもなって、一生あんたにつきまとってやるんだから覚えてろよ」

静流は普段、そう多弁《たべん》なほうではない。

それどころか、どちらかといえば寡黙《かもく》と言ってもいいほうだった。

国塚に対しては、ぶっきらぼうではあるがさすがにそれなりに喋《しゃべ》るようになったが、それでもここまで自分の気持ちをストレートに切々と語るのは初めてのことだった。

(……ようするに、これほどまでに静流が必死になるほど、彼に対する俺の態度がまずかったってことなんだろうな……)

どうやら自分は、想像していた以上に静流に愛されているらしいと、嬉《うれ》しいような切ないような微妙に複雑な気持ちになって国塚は黙り込んだ。

「国塚さん、怒ったの……？」

つい先刻《さっき》威勢のいい啖呵《たんか》をきったばかりのくせに、何も言わない国塚に、静流は途端に不安げな様子で顔を歪《ゆが》めた。

国塚の手を握っている静流の指先が震えていることに気づき、国塚は目の前のいつの間にかもう少年と呼ぶ時期は過ぎてしまったらしい美しい年下の恋人の顔を、万感《ばんかん》の思いを込めて見つめた。

「……怒ってもいいよ。何をされたっていいから、俺のこと捨てるのだけはやめて」

静流は、自分の着ている清潔な白いシャツの釦《ぼたん》を震える指先で外すと、そのくつろげたシャツの中へ、握っていた国塚の手を導いた。

掌《てのひら》に吸いつくようななめらかな肌《はだ》……。

女性とは明らかに違う、ゆるく隆起した固い胸……。

そして、確かに掌から感じる少し速めの静流の鼓動《こどう》……。

「わかる？　俺、ドキドキいってるだろ……。あんたのこと好きになって、もう一年半も経《た》つのに、いまだにあんたのそばにいるとドキドキするんだ。こうして触れられると、もっとドキドキする……。あんたは違うの？　俺がそばにいても、もう何も感じない？」

感じないわけがなかった。

ひたむきに自分を見つめる潤《うる》んだ瞳《ひとみ》が、壮絶に色っぽい。

国塚は、静流の鼓動を掌で感じながら、完敗だとばかりに宙を仰《あお》いだ。

「……まったく、だからおまえはガキだっていうんだ……」

呆《あき》れたように呟《つぶや》き、それに対して何事か抗議しようと口を開きかけた静流を引き寄せると、その熱烈《ねつれつ》な愛の告白を延々と吐き続けてくれた可愛《かわい》らしくも憎らしい唇《くちびる》を、己のそれでわざと乱暴に塞《ふさ》いだ。

いつものように、大人の余裕で優《やさ》しくなんてできそうにもなかった。

突然のことに怯《おび》えたように縮こまった静流の舌を探し出して強く吸いながら、恋人の胸に置かれた手を、明らかな作意を込めて下へと撫《な》で下《お》ろす。

「どうなっても知らないからな……。俺は、おまえが思ってるほど物わかりのいい大人なんかじゃないんだ。俺になら何をされたっていいって言ったよな？　その台詞《せりふ》、後悔するなよ」

「く、国塚さん……！」

静流の上背はあるが厚みのない華奢《きゃしゃ》な身体《からだ》をベッドの上へと突き飛ばし、国塚は着ていたものを手早く脱ぎ捨てた。

そして、国塚の剣幕《けんまく》に怯えたようにベッドの上を後退《あとずさ》る静流の足首を片手で摑《つか》むと、乱暴に自分のもとへと引き寄せる。

「い、嫌《いや》……」

「……何が嫌だ。俺に抱かれたいって言ったのは、おまえのほうだろ？」

鈍く抗《あらが》う静流に軽く舌打ちをしながら、国塚は静流のシャツの釦《ぼたん》を引きちぎった。

いくつかの釦が、微《かす》かな音をたててフローリングへと飛び散るのを、静流は信じられないものを見るかのような表情で見送った。

「そんなに、俺のことが嫌いになったのかよ……？」

次に静流が国塚のほうを振り返った時、その黒々とした目からは透明な涙が零《こぼ》れていた。

笑った顔も綺麗《きれい》だが、泣き顔もやはりそそるなと、国塚は我ながら最低だと思いながらも、そんなことを考える。

一度たがの外れた自分が、どれほど酷《ひど》い男なのか自覚していたからこそ、今まで国塚はどこかで静流に対して一歩引いたまま接していたのである。

なのに、当の静流自身がその国塚のたがを外してしまった。

「嫌い？　まさか、殺したいほど愛してるさ」

獰猛《どうもう》に笑いながらも、低く穏やかな声で囁《ささや》いた国塚に、静流は涙の浮かんだ目を大きく瞠《みは》った。

「……嘘《うそ》」

「さんざん人を煽《あお》っておいて、何が嘘だ。俺を本気にさせたからには、もうどんなに泣いても喚《わめ》いても逃がしてやらないからな」

呆然《ぼうぜん》としている静流の唇《くちびる》を、ペロリと舌先で嘗《な》めると、幼《おさな》い子供のような無心な表情になって「本当に？」と首を傾《かし》げながら国塚の顔を見上げてきた。

どんなに美しく大人びた外見をしていたとしても、静流の中身はいまだに愛されたがり

の寂《さび》しい子供だ。

「……ああ。嫌いな相手に、こうはならんだろうからな」

意味ありげに微笑《ほほえ》みながら、静流の片手を取って国塚が自分の下半身へと導くと、その熱く高ぶった感触に、静流は驚いたように国塚の顔を凝視《ぎょうし》してから頬《ほお》を染めた。

「わかったか？ 俺だって、ちゃんとおまえのそばにいるとドキドキしてるさ」

表情を和らげると、国塚は静流の目尻《めじり》にたまった涙を指先で優《やさ》しく拭《ぬぐ》ってやった。

そうして、互いの鼓動《こどう》を重ねるようにして、ゆっくりと目の前の静流の身体《からだ》を抱き締めたのだった。

「……悪かった。泣かせて傷つけて、それでもおまえの真意を知って喜んでいる俺を軽蔑《けいべつ》してくれ」

結局、国塚も自信がなかっただけなのかもしれなかった。

まだ若く美しい恋人の気持ちを、この先いつまで繋《つな》ぎとめていられるのか不安だった。

だから、いつ静流が自分から離れていっても大丈夫なように、自分がその時になって傷つかないように予防線を張っていただけなのかもしれない。

(狡《ずる》い話だな……)

静流はこれほどまでに、国塚に対して一途《いちず》で真剣な気持ちを捧《ささ》げてくれていたというのに、自分は彼の本気をずっと疑っていたことになる。

「……軽蔑なんてしないよ。でも、もう俺の本気を疑うのだけはやめて……。信頼《しんらい》されてないと知って、俺本当にショックだったんだから……」

しなやかな両腕を伸ばして、甘えるように口づけをねだる静流に、国塚は「ごめんな」と心の底から謝りながら何度もキスを繰り返した。

「俺の負《お》い目《め》を、おまえに押しつけるような真似《まね》をして、本当に悪かったと思ってるよ」

国塚は、静流の白い胸元へ顔を近づけると、速い鼓動《こどう》を刻む心臓の上に唇《くちびる》を落とした。

「……負い目って、やっぱり俺が母さんの息子だから？」

心臓の上から少し位置をずらして清楚《せいそ》に淡く色づく紅《あか》い突起を唇に含むと、静流はわずかに身じろぎ国塚の頭を両手で抱《かか》えた。

「たぶん、それもある」

静流は、死んだ国塚の昔の恋人と、実の親子だけあって顔立ちがよく似ていた。

「でも一番の理由は、おまえにこんな快楽の味を教え込んだことだろうな……」

静流の長い脚《あし》を覆《おお》うコットンパンツを下着ごと脱がすと、国塚は苦笑しながらも恋人の脚のあいだに己の腰を割り込ませた。

静流に触れるのは、確かにずいぶんと久しぶりだった。

こうしていると、よくも今まで我慢できたものだと、己の意外な自制心に感心する。

「馬鹿《ばか》みたい。あんたが無理やり教え込んだわけでもあるまいし、なんで負い目なんて持つのさ。俺が知りたかったんだよ……。国塚さんとこうしているのは、俺の意思なんだから、負《お》い目《め》や罪悪感なんて持たないでよ」

こんなことをしている時でさえも、静流の清冽《せいれつ》な美しさは変わらない。

国塚でさえも滅多《めった》に拝めない鮮やかな笑顔《えがお》を見せる静流に、国塚は眩《まぶ》しげに目を細めた。

「……わかった。静流がそう言ってくれるなら、もうこの話は終わりだ。あとはグダグダ言うのはやめて、これまで我慢した分だけのご奉仕《ほうし》に専念しましょう」

わざと思わせぶりにニヤリと笑って熱の増した下半身を押しつけた国塚に、静流は目尻《めじり》を紅《あか》くしながらも呆《あき》れた表情で国塚の形のいい鼻を指先で抓《つま》んだ。

「なんだよ、調子いいなぁ……。でも、そのほうがあんたらしくて安心するけどね」

どうせ普段の俺は下世話だよと拗《す》ねた表情を作った国塚に、静流は「いいんだよ、俺は下世話なあんたに惚《ほ》れたんだから」と穏やかな眼差《まなざ》しで応《こた》えた。

さすがにこの言葉には素直《すなお》に喜んでいいものか迷うところだったが、国塚は結局、『まあ、いいか』と適当に納得することにしたのだった。

何故《なぜ》なら、己の背中に回った静流の両手が、これ以上焦《じ》らすなとばかりに爪《つめ》を立てていたせいである。

「……国塚さん、仕事はいいの？」

キスの合間に、この場にそぐわないような呑気《のんき》な質問をされて、国塚は思わず失笑しながらも「おまえと一緒《いっしょ》で自主休講だよ」と、静流の貝殻《かいがら》のように形のいい耳元で囁《ささや》いた。

「何言ってんの。俺は『自主』でなくて、あんたに『強制』の間違いだろ」

ようやくいつもの静流らしい憎まれ口に、無意識に微笑《ほほえ》みが零《こぼ》れる。

「……それじゃあ、やっぱりやめようか？」

今さら途中でやめる気などさらさらなかったが、からかうつもりでそう囁けば、途端に静流は狼狽《ろうばい》したような表情で国塚の身体《からだ》へしがみついてきた。

素直《すなお》な反応が可愛《かわい》くて、国塚は本格的に静流の身体の上で、彼を悦《よろこ》ばすためだけに動きだす。

濡《ぬ》れた声や眼差《まなざ》しに誘われ、久しぶりの情交は思いのほか激しいものとなった。

若い恋人の身体は美しく魅力的《みりょくてき》で、溺《おぼ》れることはたやすかった。

国塚にならば何をされてもいいと言ったとおり、静流は国塚に乞《こ》われるままに柔軟《じゅうなん》にそのしなやかな身体を幾度も開いた。

そうして、気がつけば東の空にあった太陽が真上を過ぎた頃になってようやく、国塚はわずかな自己嫌悪《じこけんお》を覚えながらベッドから立ち上がったのだった。

「……大丈夫か？」

ベッドの上で、惜し気もなく均整の取れた裸身《らしん》をさらしていた静流は、国塚の問いに気《け》怠《だる》げにその微《かす》かに疲れが見える美しい顔を上げると、じつに色気とは無縁《むえん》の彼らしいといえばこのうえなく彼らしい一言を呟《つぶや》いた。

「腹へって死にそう……」

「……わかった。何か適当に作ってやるから、そのあいだにおまえはシャワー浴びてろ」

静流の色気のない台詞《せりふ》に脱力しながらも、国塚は服を身につけ部屋を出ようとした。

そこへ、静流から「俺、クラブハウスサンドが食べたい」と追い討ちをかけるようなリクエストの声が飛び、国塚は「はい、はい」と呆《あき》れたように返事をした。

(なんだかなぁ……。余韻《よいん》もくそもないってのは、こういうことを言うんだろうな)

性欲の後には、食欲……。

まるで動物である。

(まぁ、人間だって、しょせんは『動物』なんだけどな)

そんなことを溜《た》め息《いき》混じりに考えながらリビングへと続くドアを開けた国塚だったが、なんの気なしに背後を一度振り返った瞬間《しゅんかん》、自分のことを不安げに窺《うかが》うような瞳《ひとみ》で静流がずっと見つめていたことに気づいてハッとした。

(ああ、そうだったのか……)

悪戯《いたずら》をした後に、母親の顔色を窺う子供のようなその静流の様子に、国塚は眦《まなじり》を優《やさ》しく細めると安心させるように微笑《ほほえ》んだ。

「……ほら、いつまでもそんな格好《かっこう》してると風邪《かぜ》ひくぞ」

静流はいつにない己の言動が照れくさくて、わざと色気のない我がままを言ってみせたのだろう。

それでいて、そんな自分の我がままに対する国塚の反応が気になって仕方がなかったらしかった。

国塚の笑顔《えがお》にホッとしたのか、静流は猫《ねこ》のような仕草でベッドから半身を起こすと、わずかに羞《は》じらった表情で「うん」と頷《うなず》いた。

泣いたせいで少し瞼《まぶた》が腫《は》れぼったかったが、快楽の名残で潤《うる》んだ目と、口づけを繰り返したおかげで普段よりも紅《あか》く色づいた唇《くちびる》が艶《つや》っぽい。

(写真に撮《と》りたい……。でも、絶対に撮らせてくれないだろうな……)

絶好の被写体でもある美しい恋人の艶姿《あですがた》をしばし鑑賞した後、国塚は己のカメラマンとしての衝動をどうにか胸の内に納めて自室を後にしたのだった。

「さて、腹ごしらえしたら、警察に行くとするか」

リビングの壁にかかった時計を見ると、そろそろ二時になろうとしているところだった。

静流の誘惑《ゆうわく》にまんまとはまったのは午前中だったのだから、ずいぶんと長い時間、二人で不健康な行為に没頭《ぼっとう》していたことになる。

「……太陽が黄色く見えるんじゃねぇのか」

イイ年こいて、何やってんだ俺？　と、少々情けない気持ちになりながらも、しばらくぶりに身も心もすっきりした国塚は、可愛い恋人の食欲を満たすべくキッチンへと向かったのだった。

「俺も行く」

警察に殺人現場で拾ったギター・ピックを届けに行ってくると言うと、物凄《ものすご》い勢いで国塚が拵《こしら》えたクラブハウス・サンドイッチを頬張《ほおば》っていた静流がそう言って顔を上げた。

「べつにいいけど、何？　警察に興味《きょうみ》でもあるのか？」

いつも以上の見事な静流の食べっぷりに、本当に腹がへってたのかと感心しながら国塚は尋《たず》ねた。

「どうでもいいけど、もう少し落ち着いて食えよ。サンドイッチは逃げていかないぞ」

指を伸ばして、静流のトマトで汚れた口元を拭《ぬぐ》ってやると、少しだけばつの悪い顔つきになって視線を逸《そ》らした。

先刻《さっき》までのベッドの中での色気はいったいどこへいったのやらという感じだったが、これはこれで可愛《かわい》いと思ってしまう国塚は、けっこう変わっているのかもしれない。

「……警察に、あんたの大学時代の友達いるんだろ？」

「ああ、影山のことか。武骨《ぶこつ》だが、いい奴《やつ》だよ。ただし、頭のできはあっちのほうが数倍よかったけど、顔は俺のほうが数段いいから、会ってもきっとつまんないぞ」

大学で同期だった影山充は、当時から硬派で正義感の強い男だった。

卒業して警察に入ると知った時は、あいつにならピッタリだと納得したものである。

どちらかといえば軟派《なんぱ》で、モデルのバイトをしながら複数の女性を周囲に侍《はべ》らせていた国塚とは対極にあるような男だったが、不思議とうまがあって時折二人で酒を飲んだりもした。

大学を卒業してからは、それぞれの選んだ仕事が多忙だったせいもあって疎遠《そえん》になったが、国塚にとっては間違いなく学生時代の良き友の一人であった。

「……べつに、大学時代のあんたの素行《そこう》を知るのに、顔は関係ないだろ」

大皿いっぱいに盛りつけてあったサンドイッチを、ものの見事に綺麗《きれい》に平らげた静流は、そう言うとペロリと舌で己の手についた汚れを嘗《な》めた。

子猫《こねこ》ちゃんと呼ぶには少々でかく育ちすぎの感もあるが、静流の仕草はやはりどこか猫っぽい。

「大学時代の俺の素行ねぇ……。知らないほうがいいと思うけど……」

褒《ほ》められたものではないことだけは自覚があるなと、国塚は男らしく整った顔を顰《しか》めてみせた。

国塚の言葉に、静流は途端に剣呑《けんのん》な表情になったが、それに対しては器用に片眉《かたまゆ》を上げることで応《こた》える。

「おまえ、前に俺の過去の相手のことをいちいち気にするのはやめるって言ってなかったっけ？」

意外に嫉妬《しっと》深《ぶか》い静流は、国塚の過去の女関係に過剰《かじょう》なほど敏感《びんかん》だった。

「……開き直る気だな」

「おまえの倍は生きてるんだから、俺にだっていろいろあるさ。だけど、おまえとつき合うようになってからは、いっさい浮気なんてしてないから安心しろ」

静流はおそらく信じないだろうが、国塚はこう見えても欲望に対して淡泊《たんぱく》な男だった。

性欲はもとより、食欲や睡眠欲もそれほどない。

女性関係が派手《はで》だったのも、じつは彼にしてみれば退屈《たいくつ》しのぎの一環でしかなかった。

どちらかといえば、一見クールに見える静流のほうが、よっぽどこの三つの欲望に正直で貪欲《どんよく》に生きているといってもよかった。

「……本当かよ。俺、あんたが三週間近く俺のこと抱かないのは、ほかに誰か相手ができたからだと思ってたんだぞ……」

拗《す》ねた表情で責められて、国塚は「あー……」と困ったように額を指で押さえた。

「悪かったよ、ほったらかしてて。でも、それは先刻《さっき》、埋《う》め合《あ》わせしただろ。まさか、まだ満足してないのか？」

「な、何言ってんだよ！」

焦《あせ》ったように顔を真っ赤にして怒鳴《どな》る静流に、国塚は「そりゃあよかった」とニッコリ笑うと、空っぽの大皿を持って立ち上がった。

「嫉妬《しっと》したり、拗《す》ねたり、我がまま言ったり、おまえ以外の相手なら、とっくにうんざりしてさよならだ。相手のためを思って一歩引こうと思ったのも初めてなら、泣き顔がそそると思ったのも初めてかな……。だから、心配するな」

静流は、国塚の真摯《しんし》な眼差《まなざ》しの告白に、困惑《こんわく》したような顔つきで首を傾《かし》げた。

「……それって、結局はどういうことなんだよ？」

まったく、馬鹿《ばか》な子ほど可愛《かわい》いとはよくぞ言ったものである。

国塚は思わず失笑しながらも、「それだけ、俺がおまえに惚《ほ》れてるってことだろ」と言い残すとキッチンへ向かった。

背後で静流がブツブツと、「気障野郎《きざやろう》」とか「タラシ」とか呟《つぶや》いてるのが聞こえたが、恥《は》ずかしがりやの子供の照れ隠しなことは、国塚はとっくにお見通しだった。

(俺も、まったく厄介《やっかい》なのに捕まったよ)

そんなことを考えながらも、国塚は心の底では、もう二度と静流から離れることを考えたりはしまいと自分自身に誓っていた。

いつくるかわからない『いつか』を考えるのは、その時になってからでも遅くない。

この時、ようやくそう達観することができた国塚は、その『いつか』が思いのほかすぐにやってくることを、まったく予想だにしていなかったのだった。

STAGE　2

「……なんだ、うちの女性陣がやけにざわついてると思ったら、今日はずいぶんと場違いなのを連れてるんだな、国塚《くにづか》？」

国塚に連れられて、彼の大学時代の友人が勤務しているという新宿《しんじゅく》南《みなみ》署にまでやってきた静流《しずる》だったが、彼らを出迎えてくれた国塚の友人、影山《かげやま》の一言には秀麗《しゅうれい》な顔を不機嫌に顰《しか》めてみせた。

どうも署内に入ってからずっと、女性署員を中心に自分たちが注目されていることには気づいていたが、面と向かってそれを指摘されるのはあまりいい気分ではない。

「俺の助手兼モデルの真田《さなだ》静流。男だけど、目が覚めるような美形だろ。あんまりジロジロ見るなよ、減るからな」

相変わらず、屈託《くったく》なく笑いながら静流を影山に紹介した国塚は、静流の剣呑《けんのん》な眼差《まなざ》しにもニヤリと意味ありげに笑っただけだった。

「モデルか、なるほどね……。世の中、いるところにはいるもんなんだな。それで？　今日は彼を俺に見せびらかしに来たのか？」

　その目つきの鋭い武骨《ぶこつ》な顔で、本気なのか冗談《じょうだん》なのかわからないような台詞《せりふ》を吐く影山に、静流は内心で『さすが、国塚さんの友達だけのことはある』と妙な感心をする。

　静流が知る限り、国塚の友人には癖《くせ》のある人間が多かった。

（やっぱ、類は友を呼ぶってやつか？）

　おそらく影山もそのうちの一人なのだろうなどと考えながら、静流は話の本題に入ったらしい大人二人から視線を逸《そ》らし、もの珍しげに案内された部屋の中を見回した。

　なんとなく、テレビの刑事ドラマの影響もあってか、雑然とした部屋の中に白い煙草《たばこ》の煙が充満していて、むさくるしくもいかつい男たちが、慌《あわ》ただしく行き来している光景を想像していたのだが、べつにそういうわけでもないらしい。

　署内は、普通の会社のオフィスのように適度に整頓《せいとん》されていて、どちらかといえばガランとした殺風景《さっぷうけい》な感じだった。

　署員も大半が出払っているらしく、残ってるのはデスクワークをしている数人だけのようである。

「……ギター・ピック？　これが現場に落ちてたってのか？」

「ああ、今朝になるまですっかり忘れてた。すまんな……」

　影山は太い眉《まゆ》を寄せると、国塚が差し出した例の現場で拾ったというギター・ピックを、スーツのポケットから取り出した白い手袋をつけてから受け取った。

そしてそれを、明かりに透かすようにして目の前に持ち上げ裏返した。

瞬間《しゅんかん》、彼の瞳《ひとみ》の鋭さが増したように感じたのは、おそらく静流の気のせいではないはずである。

（……やっぱり、『ジャバウォック』に何か重要な意味でもあったんだろうか？）

静流は、国塚の背後に隠れるように立ちながらも、影山の微《かす》かな表情の変化に興味《きょうみ》を覚えていた。

無愛想《ぶあいそう》でクールに見える静流だったが、好奇心《こうきしん》は人一倍強い。

国塚にねだってこの場についてきたのも、一度警察署の中というものを覗《のぞ》いてみたかったからだった。

いちおう、中学時代に荒れていた頃に、何度か補導されて地元の警察署に連れていかれたことはあったが、その時は取調室らしき狭い部屋に何人も同時に放《ほう》り込《こ》まれて保護者が来るのを待っていただけなので、あまりほかの場所のことは覚えていない。

それに、当時の静流はそんな好奇心を優先させるような余裕も持っていなかった。

「どうだ？　何か手がかりになりそうか？」

おそらく地顔なのだろうが、険しい顔つきでギター・ピックを凝視《ぎょうし》する影山の様子に、心配そうに国塚が声をかける。

「ああ、犯人のものか害者のものか、もしくは無関係の人間のものかは調べてみないとわからんが、ご協力感謝する。おい、誰かこれを至急鑑識《かんしき》に回してくれ」

影山の声に、デスクワークをしていた刑事の一人が慌《あわ》てたように小さなビニール袋を片手に駆け寄ってきた。

ビニール袋の中に影山がギター・ピックを入れると、そのまだ初々《ういうい》しさが残る若い刑事は、上司に向かって一礼してから足早に部屋から出ていった。

「……新聞を読んだ限りでは、あまり捜査は進行してないらしいが、犯人のめどはついてるのか？」

応接間のほうに案内しようとする影山に、国塚はすぐに失礼するからいいと首を左右に振って断った。

「悪いが、いくらおまえでも一般人に情報の漏洩《ろうえい》はできんよ」

苦笑する影山に、国塚はべつに気を悪くした様子もなく、「ふーん、そりゃあまぁそうだよな」と肩を竦《すく》めて納得した。

けれど、すぐに彼には珍しい真剣な表情になると、精悍《せいかん》な目つきで国塚は友人の顔を正面から見下ろしたのだった。

「それじゃあ、別のことを訊《き》くが、俺の容疑は晴れたのか？　それくらいは教えてもらってもいいんじゃないのかな。ここ数日、おまえの部下が俺の身辺をいろいろと嗅《か》ぎ回《まわ》ってたみたいだけど、身に覚えのない俺としては、はなはだ迷惑《めいわく》な話だったんだがね」

国塚の冷めた声音に、影山は虚《きょ》をつかれたような表情になったが、静流はそれ以上に驚いた表情になっていた。

「……国塚さん、それどういうこと？　容疑って何？」

目の前の広い背中に縋《すが》るようにして尋《たず》ねた静流に、年上の恋人は軽く片眉《かたまゆ》を上げてシニカルな笑顔《えがお》を見せた。

「だから、第一発見者、イコール第一容疑者ってことなんだろう。事件の現場から自分のマンションに戻るまでのあいだに、すでに尾行がついてたからな。べつに、やましいことは何もないから身辺嗅ぎ回られてもかまわないけど、正直さすがにいい気分はしなかったぜ」

国塚の台詞《せりふ》に、静流はただただ呆然《ぼうぜん》とするばかりだった。

国塚の身辺を刑事が嗅ぎ回っていたことになど、彼と一緒《いっしょ》に暮らしていながら静流はまったく気づいていなかったからである。

「……すまない、国塚。俺だって、何も本気でおまえを疑ってたわけじゃないんだ。ただ、あくまでも念のために……」

「わかってるさ。おまえは、あくまでも職務に忠実に従ったまでだって言いたいんだろ」

べつに怒っているわけでもなさそうなのだが、笑顔を消した国塚の真意は恋人である静流にもとらえどころがなくわからなかった。

「すまない……」

「べつに、謝ってほしいわけじゃない」

謝罪の言葉を繰り返す影山の姿を目の端《はし》に捕《と》らえながら、静流は国塚の腕を宥《なだ》めるようにソッと指先で引いた。

「……すごいね、国塚さん。殺人事件の容疑者だなんて、滅多《めった》にできない経験じゃん」

彼らしくもなく、その場を和ますためにわざと冗談《じょうだん》めかした言葉を選んだ静流に、国塚は一瞬《いっしゅん》驚いたように目を瞬かせたが、すぐに仕方なさそうな苦笑を浮かべると、「そうだな」と言って頷《うなず》いた。

静流なりの精いっぱいの気遣《きづか》いの気持ちが、聡《さと》い恋人には上手《うま》く通じたらしかった。

「滅多にできない経験だが、一度経験できれば充分だな。で、影山、もう一度確認しておくが、俺の容疑は晴れてるんだろうな？」

「ああ、おまえと害者のあいだにはなんの接点もないことは調査済みだ……。不快な思いをさせて本当に悪かったと思ってる」

国塚の声音に刺《とげ》がないことに気づいたのか、影山はわずかにホッとした様子で国塚の容疑が晴れていることに太鼓判《たいこばん》を押してくれた。

「そりゃあ、よかった。それを聞いて安心したよ。まぁ、どーせ、海外へしょっちゅう行ってる俺なら、拳銃《けんじゅう》や麻薬《まやく》も簡単に手に入れられるんじゃないかとか言い出した奴《やつ》でもいたんだろ？　警察ってのは、ずいぶんと安直なんだな。それから、俺の尾行をしてたおまえの部下たち、素人《しろうと》に気づかれるようじゃ終わってるぜ」

（前言撤回《ぜんげんてっかい》……。すごく怒ってるみたいだ……）

爽《さわ》やかな笑顔《えがお》のままで、辛辣《しんらつ》な台詞《せりふ》を吐き続ける国塚の姿に、静流は諦《あきら》めたように肩を竦《すく》めて下を向いた。

一年半つき合ってみてわかったことだが、国塚は意外に気難しく頑固《がんこ》で性格が悪い。それも無意識なのか意識してるのか、自分のそんな面を見せるのは、ごく親しい人間の前だけに限られていた。

それほど親しくない人間の前では、あくまでも紳士的《しんしてき》で優《やさ》しい男を演じている。その国塚が、これほどストレートに皮肉をぶつけているところを見ると、影山と彼はこれでも仲がいいのだろう。

（……難しい男だよなぁ、本当に……）

なんでこんな厄介《やっかい》な相手を好きになってしまったのだろうと、静流だって悩まなかったわけではなかった。

けれど、自分よりも倍も年上の大人の男で、背が高くてハンサムで優しくて、でも性格は一筋縄《ひとすじなわ》ではいかないそんな相手を、苦労するとわかっていながらも好きになってしまった馬鹿《ばか》な自分が、静流は哀《あわ》れと思うと同時に少しだけ誇《ほこ》らしくもあった。

まさか自分が、障害が多ければ多いほど燃える質《たち》だとは、国塚と出会うまでは知らなかった静流である。

たやすく手に入る相手や、自分から寄ってくるような相手には、もともと興味《きょうみ》はなかった。

そんな静流にとって、国塚は初めて静流自身が心から欲しいと思った相手なのである。

今までつき合った相手の顔もろくに覚えていないような静流が（ある意味、国塚よりも最低な男かもしれない……）、ここまで執着《しゅうちゃく》する相手は、きっと国塚が最初で最後だろうと思えた。

素直《すなお》に認めるのはさすがに悔しかったが、たぶん、『初恋』なのである……。

あまりにも遅すぎた初恋は、このままでいけば『永遠の恋』に育ってしまいそうな、そんな勢いだった。

（俺がこんなに好きなのに、どうしてこの人は、そんな俺の気持ちを疑ったりするんだろう？　確かに俺は『子供』かもしれないけど、『子供』だって真剣な恋愛はできるんだよ）

先刻《さっき》までの険悪な雰囲気《ふんいき》はどこへやら、今度は和やかに談笑している目の前の大人二人の姿に、いつの間にか自分の思考にはまっていた静流は、我に返って当惑《とうわく》したような表情になった。

「どうした静流？　また目開けたまま寝てたのか？」

人の気持ちも知らないで、呑気《のんき》な口調でそんなことを言って笑っている国塚に、静流は切れ長の目を不機嫌そうに吊《つ》り上《あ》げた。

「……寝てないよ。そんな特技もないし」

ツンとそっぽを向いた先で、いつの間にか硝子《ガラス》張《ば》りの壁に鈴なりになっていた女性署員たちと視線が合い、静流は驚いたように目を大きく瞠《みは》った。

途端にキャーという黄色い声があがり、声につられてそちらを見た国塚も、やはり目を瞠ってから苦笑を浮かべる。

「ここの署は、ずいぶんと平和そうでいいねぇ」

国塚の揶揄《やゆ》の言葉に、影山が苦虫を嚙《か》み潰《つぶ》した表情で、「何をやってるんだ！　自分の持ち場に至急戻りなさい！」と女性署員たちに怒鳴《どな》った。

影山の剣幕《けんまく》に、蜘蛛《くも》の子《こ》を散らすように逃げていく女性署員たちを見送りながら、静流はいささかうんざりした顔つきになった。

昔から、この外見のせいで人に見られることには慣れているが、慣れたところで、他人の視線が不快なことには変わりない。

静流は、万人に『美しい』と讃《たた》えられる自分の顔があまり好きではなかった。

国塚が気に入ってくれているから我慢しているが、それでなければもっと平凡な顔に整形してしまいたいとさえ思っているくらいである。

「……まったく、警察官が何をやってるんだか。静流くん、だっけ？　モテすぎるのも困りものだね」

苦笑する影山の言葉に、静流は素直《すなお》に「はい」と頷《うなず》いた。

「正直言って、俺の外見につられて寄ってくる人間にはうんざりしてます。べつに、好きでこんな顔に生まれてきたわけでもないのに……」

表情もなく淡々と本音を告げた静流に、影山はそのややきつめの精悍《せいかん》な顔に驚いたような表情を浮かべた。

「そうか？　俺は静流の顔好きだけどな」

微苦笑を浮かべた国塚の台詞《せりふ》に、静流は「知ってる」と言って仕方なさそうに頷いた。

「あんたがそう言うから、これでも最近は少しだけ自分の顔が好きになったんだ」

言ってしまった後に、これはいささか拙《まず》い発言だったろうかと不安になった静流だったが、国塚は特に気にした様子でもなかったのでホッとした。

ただし、影山のほうは明らかに動揺《どうよう》した表情を見せていたのだが……。

「さて、俺の容疑が晴れたこともわかったし、渡すもんも渡したことだから帰るとするか」

コキコキと首を鳴らしながら静流を振り返ると、国塚はそう言って屈託《くったく》なく笑った。

彼の用事がすんだのなら、これ以上ここにいる理由はなかった。

影山に、大学時代の国塚のことを訊《き》けなかったのは少し心残りだったが、なんとなくそれさえも、今はもうどうでもいいような気分だった。

（いつまでも、国塚さんの過去を気にしてたって仕方ないもんな）

とりあえず、今は自分のものなのだからと、国塚が過去につき合ってきた顔も知らない女たちに『ざまあみろ』と内心で舌を出す。

「国塚、その……」

静流を促して帰ろうとしていた国塚に、影山が何かひどく言いにくそうな様子で声をかけてきたので、二人は立ち止まった。

影山の視線がチラリと困惑《こんわく》したように自分に流れるのを見て、静流は形のいい眉《まゆ》を心持ち顰《ひそ》めた。

他人の心の機微《きび》にそれほど敏感《びんかん》ではない静流だったが、影山が何を気にしているのかは珍しくもなんとなくわかった。

（やっぱり、さっきの俺の台詞《せりふ》が引っかかってるんだろうな）

静流でさえ気づいたことに、何事にも聡《さと》い国塚が気づかないわけもなく、案の定面白《おもしろ》がるような眼差《まなざ》しで生真面目《きまじめ》そうな友人の顔を眺《なが》めている。

「……なんだよ、妙な顔して。俺の身辺調査をしたんなら、だいたいのことは知ってたんじゃないのか?」

どうやら気づいていたというよりも、相手が自分と国塚の関係を知ってることを、先刻承知でいたらしい。

わかっていて、影山がどんな反応を示すのか楽しんでいたのだろう。

相変わらず人の悪い男である。

影山もそのことに気づいたのか、ハァと疲れたような溜《た》め息《いき》をつくと、顔を顰《しか》めながら国塚のことを睨《にら》んだ。

「おまえ、いつから宗旨《しゅうし》変《が》えしたんだ?」

「宗旨変えなんてした覚えはないぜ。これは『特例』だよ、勘違《かんちが》いすんなよ」

ニヤリと笑って悪びれもせずにそんなことを言う国塚に、影山は鼻白《はなじろ》んだようだった。

しかし、『特例』呼ばわりされて憮然《ぶぜん》としていた静流の綺麗《きれい》な顔を眺《なが》めると、諦《あきら》めたように「気持ちはわからんでもないけどな……」と呟《つぶや》いた。

「そーいうこと。それじゃあな、捜査のほう、頑張《がんば》れよ」

ヒラヒラと手を振る国塚に、影山は苦笑いを浮かべながら頷《うなず》いた。

「ああ、そのうちお詫《わ》びに酒でも奢《おご》るよ」

「おうっ、期待しないで待ってるぜ」

影山は、堅《かた》い仕事をしていて本人も一見すると堅物そうに見えるのに、静流と国塚の関係を容認できる程度には柔軟《じゅうなん》な精神の持ち主らしかった。

（まっ、そうじゃないと国塚さんの友達なんてつとまらないだろうけどさ）

表面には出さなかったが、内心では影山のことを見直しながら、静流はペコリと彼へ向かって軽く頭を下げてから、国塚と並んでその場を後にしたのだった。

「あれ、国塚さんじゃないですか？　どうしたんです、影山警部に用事ですか？」

署内の廊下《ろうか》を歩いている途中で、何やらたくさんの書類を抱《かか》えて足早に歩いてくる若い刑事に声をかけられ、国塚は「やぁ」と愛想《あいそ》のいい笑顔《えがお》でそれに応《こた》えた。

ラルフローレンらしき高級スーツに身を包んだ若い刑事は、品のいい優《やさ》しげな美貌《びぼう》の持ち主で、一見すると刑事には見えなかった。

（……あれ？）

「佐倉《さくら》くんだっけ？　こんにちは」

「わぁ、名前を覚えていてくださったんですか。嬉《うれ》しいです」

国塚に対して羞《は》じらうような笑顔を向けている青年に、静流は少しばかりムッとしながらも、その佐倉と呼ばれた刑事の顔にどこかで見覚えがあるような気がして首を傾《かし》げた。

しかし、いくら考えてもすぐには思い出せそうにもない。

他人にそれほど関心のない静流は、当然人の名前と顔を覚えることが苦手だったので、それも仕方のないことではあった。

「今日こちらにいらっしゃることがわかってたら、国塚さんの写真集を持ってきてサインをお願いしたのになぁ」

どうやら国塚のファンらしい佐倉の残念そうな台詞《せりふ》を聞いて、静流はピクリと眉《まゆ》を動かしたが、国塚はやはりニコニコと笑いながら「それじゃあ、今度来る時は前もって連絡するよ」などと調子のいいことを言っている。

(……ムカツク)

静流は剣呑《けんのん》な眼差《まなざ》しで国塚の横顔を睨《にら》んでいたが、国塚は慣れたもので表情一つ変えなかった。

そのままニッコリ微笑《ほほえ》んで、「じゃあね」と佐倉に手を振っている。

「はい、どうもご苦労さまでした」

国塚だけではなく、その傍《かたわ》らにいた静流にも清々《すがすが》しい笑顔で頭を下げる佐倉は、顔だけではなく性格もよさそうだった。

(どーせ、俺は愛想笑《あいそわら》いもできないし、素直《すなお》でもないし、でかくて可愛げもないよ)

そんなことを内心でブツブツ呟《つぶや》きながら、国塚の後ろをついて新宿南署を出た静流だったが、国塚の愛車であるパジェロの助手席に乗り込んだ途端に、国塚に頭を引き寄せられるようにしてキスをされたので目を丸くした。

「な、なんだよ急に……?」

資料室2

「いや、なんかまた余計なこと考えてそうだったから、ついね」

クスリと悪戯《いたずら》っぽく笑う国塚に、静流は唇《くちびる》を尖《とが》らせてなんとか抗議をしようとしたが、結局は恋人の言うとおりだったので拗《す》ねた表情で黙り込んだ。

「嫉妬《しっと》してくれるのは嬉《うれ》しいけど、もう少し俺のことも信用してくれよ」

とりあえずは、国塚は国塚なりに自分のことを気にかけてくれていることだけは確からしく、伸びてきた手がクシャリと優《やさ》しく髪の毛をかき回すのに、静流は猫《ねこ》のように目を細めて「……うん」と頷《うなず》いた。

「それじゃあ、今日は日が落ちるまで浅草《あさくさ》のほうでも回るとするか」

いつの間にか仕事の時の精悍《せいかん》な顔つきになっている国塚に、静流は一瞬《いっしゅん》見惚《みほ》れる。

車を運転している時のハンドルを握る長い指とか、カメラのファインダーごしに被写体を見つめる真剣な眼差《まなざ》しとか、自分を呼ぶ時の穏やかな低い声とか……。

静流が好ましいと感じる国塚の仕草や表情はとても多かったが、何よりも一番好きなのは、少年のような瞳《ひとみ》で仕事のことを語っている時の国塚だった。

国塚にとってはきっと、カメラマンは天職なのだろう……。

この世の中の、いったいどれほどの人間が今の自分の職業に心の底からの満足感を抱いているだろうか？

おそらく、たいがいの人間は多かれ少なかれ妥協《だきょう》をしながら仕事をしているはずである。

自分が夢見て、なりたいと願った職業に実際につける人間など、世の中のほんの一握りにすぎない。

そして国塚はたぶん、そんな一握りの幸運な人間の一人だった。

若い頃に辛《つら》い下積み経験をしていて、海外を放浪《ほうろう》している頃には命に関《かか》わるような危険な目にもあっているらしかったが、それでもカメラを片手にしている時の国塚は側《はた》で見ていて羨《うらや》ましくなるくらい生き生きしている。

静流は、そんな国塚のことが羨ましく、そして彼のように生きたいと憧《あこが》れてもいた。

いつかは、この目の前の男につり合うような大人になりたい、そう静流は心の底から願っていたのだった。

「国塚さん……」

隣《となり》で車を運転している国塚の、鋭利で凛《りん》とした横顔に見惚《みほ》れながら、静流は恋人の名を小さく呼んだ。

「ん？」

瞳《ひとみ》だけで問い返す国塚に、静流は無意識に微笑《ほほえ》みながら「今、幸せ？」と尋《たず》ねた。

自分でも、どうして突然そんなことを訊《き》く気になったのかはわからない。

ただ、静流は国塚のそばで彼に愛されていることに、たとえようのない幸福を感じていたから、国塚もそうなら嬉《うれ》しいのにと思っていた。

自分の存在が、この目の前の、どこかいまだに少年のような純粋さを隠し持っている恋人に、少しでも幸せな気持ちを抱かせているのなら嬉しいと、そう思ったのだった。

国塚は、静流の透明感のある儚《はかな》い微笑に、一瞬《いっしゅん》切なげに瞳《ひとみ》を揺らしたが、すぐに穏やかな微笑《ほほえ》みを口元へ浮かべると、「幸せだよ」と低く優《やさ》しい声で答えた。

「静流が、いつもそばにいてくれるから幸せだよ」

期待どおりの国塚の答えに、嬉しいはずなのに静流は何故《なぜ》か泣きそうな気持ちになった。

「そっか、よかった……」

ようやくそれだけの言葉を口にすると、後は国塚の視線を避けるように、静流は顔を窓《まど》硝子《ガラス》のほうへと背けたのだった。

どう考えても不自然な静流の言動にも、国塚は何も言わずに黙って車を走らせている。

静流は、窓硝子に映ったそんな恋人の横顔を眺めながら、切なく疼《うず》く胸の上へソッと己の掌《てのひら》を当てた。

つい数時間前に、今自分が触れてる場所に、国塚の掌が触れていたことを思い出し、少しだけ淫《みだ》らな気分になる。

クールで硬質な美貌《びぼう》のせいで、一見すると淡泊《たんぱく》に思われがちな静流だったが、その中身は意外なほどに情熱的だった。

一度愛した人間のためなら、この命を捧《ささ》げることも厭《いと》わない。

できるだけ国塚の負担にはなりたくなかったから、普段はこれでも本来の情の強さを彼なりにセーブしているのである。

けれど、国塚のことだからそんな静流の本質などとっくに見抜いており、だからこそこれまで一歩引いた態度で接していたのではないかと、静流はほとんど確信に近い気持ちで考えていた。

恋愛は、本当に難しい。

国塚に片思いをしていた時も切なく辛《つら》かったが、こうして両思いになって何度も身体《からだ》を重ねていても、やはり彼のことを思うと胸が切なくなる。

幸せなはずなのに、どうして時々泣きたくなるのだろうか？

息がかかるほどのそばにいながら、心だけがずっと遠くにあるような心許《こころもと》ない気持ちになるのは何故《なぜ》だろう？

しょせん、親子でも兄弟でも夫婦でも、どんなに堅い絆《きずな》で結ばれている関係でも、人間は結局は誰でも一個の『個人』でしかない。

相手のすべてを理解し、自分のものにすることなど、どだい不可能なのだ。

それを悲しいと感じるのは、愚《おろ》かしいことなのだろうか？

そこまでわかっていながらも、静流は国塚を求めずにはいられなかった。

いつしか、そんな自分の気持ちが国塚にとって重荷にならないようにと、今は祈ることしかできない静流だった。


「静流ちゃん、岡崎《おかざき》見なかったか？」

昼食をとろうと大学の学食に向かっていた静流は、廊下《ろうか》の途中で同じ学部の友人である金光章弘《かねみつあきひろ》に呼び止められて足を止めた。

「いや、今日は見てない」

「くそぉ、やっぱり今日も休みかよぉ」

肩口まである長い髪を後ろで一つにまとめ、今時珍しいレンズの分厚い眼鏡《めがね》をかけた金光は、静流の素っ気ない口調を気にした様子もなく「あーっ、困ったなぁ」といささか大《おお》袈裟《げさ》な身振りで頭を抱《かか》えた。

「俺、あいつに先週ノート貸したんだけど、それからずっと大学来てないみたいで、まだノート返してもらってないんだよ。今週末までに、多田《ただ》教授にレポート提出しなきゃならないのにさぁ」

レポートの評価に厳しいことで有名な民法の教授の名に、やはり金光同様にその学科を選択《せんたく》していた静流も、「あー、忘れてた」と少々間の抜けた答えを返した。

「忘れてたって？　相変わらず呑気《のんき》だなぁ、静流ちゃんは……」

　トホホと肩を下げる金光が少々哀《あわ》れに思えて、静流は珍しくも親切心で「それじゃあ、俺のノートでよかったらコピーするか？」と申し出た。

「えっ、マジ？　でも、静流ちゃんは顔は綺麗《きれい》だけど、字は汚いからなぁ」

「あっ、そ。それじゃあ、知らねぇ」

　せっかくの申し出にケチをつけられて、静流はツンと上を向くと金光の脇《わき》をそのまま通り過ぎようとした。

「わぁっ、嘘《うそ》、嘘でーす！　今日の昼飯奢《おご》るから、ノートをコピーさせてください！　お願いします」

「えーっ、俺の字汚くて読めないんじゃなかったっけ？」

　意地悪く形のいい眉《まゆ》を吊《つ》り上《あ》げた静流に、一八二センチある静流とそう身長が変わらないくらい長身の金光は、腰を低くしながら揉《も》み手《で》をして愛想笑《あいそわら》いを浮かべた。

「なぁ、あと期限まで四日しかないんだから頼《たの》むよ。どーせ、静流ちゃんだってレポート手つかずなんだろ？　なんなら、静流ちゃんの分も手伝ってあげるからさ」

　手伝ってやるの一言に、静流はあっさりと態度を軟化させた。

　じつは金光は、世間では『犯罪マニア』と呼ばれる人種で、静流にはまったくわからない趣味《しゅみ》（？）の持ち主なのだが、頭のほうは何故《なぜ》こんな三流大学にいるのかわからないくらい、優秀なのだった。

その金光が、自分の分のレポートも手伝ってくれるというなら、静流にはこれ以上の条件はなかった。

が、いちおう「昼飯も奢《おご》れよ」とつけ加えることも忘れなかった。

「OK、バイト代入ったばっかでリッチだから、なんでも奢っちゃうぜ」

静流の答えに、金光はホッとした表情になると、静流と並んで学食へと向かって歩き出した。

「じゃあ、A定とラーメン大盛り奢ってくれよ」

「……相変わらず、そのスレンダーな身体《からだ》のどこに入るんだってくらい食うよね、静流ちゃんは……」

呆《あき》れたような金光の台詞《せりふ》に、自分でも大食らいの自覚がある静流は、拗《す》ねた表情で「ほっといてくれ」と呟《つぶや》いた。

いくら食べたところで、自慢《じまん》のプロポーションにはまったく支障はないものの、その分上に伸びているらしく、この一年でさらに四センチも身長が伸びてしまった静流である。

一八五センチある国塚と、近頃ではそれほど目線が変わらなくなり、さすがにこのままでは拙《まず》いと思い始めているところであった。

(俺、それじゃなくても可愛げないのに、これ以上でかくなったら国塚さんに愛想《あいそ》つかされるんじゃなかろうか……）

　これでもいちおう自分の成長に、まるで乙女《おとめ》のように心を痛めてはいるのである。

（でも、腹へるしなぁ）

　とりあえずは、自分の成長期が早く終わることを願う静流だった。

「そーいえばさぁ、静流ちゃんの同居人の男前のカメラマンさんが死体の第一発見者だった事件あるじゃん。あれ、犯人捕まったみたいだよ」

「え？　嘘《うそ》、いつ？」

　金光の何気ない口調で言われた台詞《せりふ》に、静流は素直《すなお》に驚愕《きょうがく》した顔で友人を振り返った。

　今朝の新聞には、そんな記事はどこを探してものっていなかったはずである。

　早朝のニュースでも流れていた覚えはなかった。

「うん、今朝早くかなぁ。被害者と同じ関東××組系列の暴力団の構成員だってさ。麻薬《まやく》の売買で内輪もめしてたらしいよ。あ、警察無線を盗聴《とうちょう》して聞いた話だから、記事やニュースになるのは今日の午後からじゃないかな」

　淡々とした金光の話の内容に、静流は困惑顔《こんわくがお》で「警察無線の盗聴って、違法じゃないの？」と首を傾《かし》げた。

「ん？　もちろん、違法に決まってるじゃない。警察の人には内緒《ないしょ》だよ」

　ニッコリと笑いながらそんなことを言う金光に、静流は「はぁ」と気の抜けたような返事をした。

金光のことは、友人としてはけっこう気に入っているのだが、時々静流とは違う星の人間ではなかろうかと疑いたくなるくらい意思の疎通《そつう》がなくなることがあった。

「そーいえば、ギター・ピックが犯人を特定する決め手になったとか言ってたけど、知ってる？」

金光の問いに、静流はそれはおそらく先日国塚が事件現場で拾ったのを警察に届けた物だろうと説明した。

「やっぱり、犯人が落とした物だったのか？」

「いや、それがね、そのギター・ピックは死んだ被害者の物だったらしいよ。それを犯人が、どーいうわけか持って逃げる途中でおっことしたらしいね。でも、どっちにしてもおかしな話だよね。暴力団の組員が、なんでそんなもん持ってたんだろ？　まさか、バンド結成してたとか……。そんなわけないか」

金光の説明を聞きながら、静流はふとわいた素朴《そぼく》な疑問を友人へとぶつけてみた。

「なんで、そのギター・ピックが犯人の物じゃなくて被害者の物だってわかったんだ？」

静流の質問に、金光はそんなこともわからないのかと、少しばかり呆《あき》れたような顔つきで眼鏡《めがね》のフレームを指先で押し上げながら口を開いた。

「ピックについてた指紋《しもん》を調べたら、一発でわかることじゃん。犯人の指紋は、真新しいものばかりだったのに対して、被害者のものはけっこう古いものから最近のものまで、数多く採取されたってわけさ。どちらが持ち主なのか、一目瞭然《いちもくりょうぜん》でしょ？」

説明されてみれば、それは至極当然のことだったが、その手のことにはまったく頭の回らない静流は「へぇ、そうなんだ」と純粋に感心した。

「……静流ちゃんって、ミステリー小説とか全然読まないでしょ？」

度のキツイ眼鏡《めがね》を外せば、それなりに整った顔立ちをしている金光に笑われて、静流は悪びれもせずに素直《すなお》に頷《うなず》いた。

「読まない。だって漢字多いし、字ばっかりで読むの面倒くさいじゃん」

「うーん、じつに静流ちゃんらしい意見だね」

べつに馬鹿《ばか》にしているわけではなく、どちらかといえば微笑《ほほえ》ましげな表情でそんなことを言う金光に、静流は内心で「俺らしいって、どういうこと？」と首を傾《かし》げた。

頭が悪いことは自覚しているつもりだが、それを自分らしいと表現されるとよくわからなくなる。

だから、静流はその疑問をそのまま傍《かたわ》らの友人に向かって口にしてみることにした。

「金光の言う『俺らしい』って、どういうこと？」

「それはね、てらいがなくて潔《いさぎよ》いってことかな。そんなに綺麗《きれい》な姿形をしているくせに、それを鼻にかけたり、変に格好《かっこう》つけたりしないで常に自然体で生きてるじゃない。静流ちゃんはね、俺が今までに出会った中で、一番美しい生き物だと思うよ」

他人にその優れた外見を賞賛されることには慣れきっていたはずの静流だったが、この金光の表現にはちょっと感じ入るものがあった。

「金光の表現、ちょっと俺には難しいけど嫌《いや》な気分はしない。外見以外を褒《ほ》められることってあまりないから、なんだか嬉《うれ》しい……」

子供のような無邪気《むじゃき》な笑顔《えがお》を向けると、金光は頬《ほお》を赤らめながら頭をかいた。

「いや、静流ちゃんの笑顔って心臓に悪いなぁ」

何を言ってるんだかと苦笑した静流だったが、学食の入り口に佇《たたず》んでいた顔見知りの女子大生が、静流と金光の姿を認めた途端に血相を変えて走り寄ってきたので目を丸くした。

「真田くん！　金光くん！」

「あっ、ナナちゃん。今日も岡崎来てないみたいだけど、どうしたのか知ってる？」

谷町奈々子《たにまちななこ》は、静流や金光と同じ学部で、岡崎賢吾《けんご》とは恋人関係にある女子大生である。

育ちの良さが窺《うかが》える、おっとりとした美人というよりは可愛いタイプの女性だった。

「じつは、もう五日も連絡が取れなくて、私も心配しているところなの。金光くんこそ、何か岡崎くんから聞いてない？」

不安そうな眼差《まなざ》しで、小柄《こがら》な奈々子は長身の二人を見上げた。

静流と金光は、互いに眉《まゆ》を寄せながら一瞬《いっしゅん》顔を見合わせてから首を左右に振った。

「俺もね、携帯《けいたい》には何度も連絡入れてるんだけど、全然つながらないんだ。マンションのほうにも電話してみたんだけど、留守電になってて駄目《だめ》……。ナナちゃんのほうは？」

金光の台詞《せりふ》に、奈々子は今にも泣きだしそうに顔を歪《ゆが》めて、やはり首を左右に振った。

「私も、何度も電話してるんだけど全然通じなくて……。大学にも出てきてないし、どこか身体《からだ》の具合でも悪いのかと思って心配で、昨日は直接マンションのほうまで行ってみたんだけど、留守で会えなかったの。けっこう遅い時間まで待ってみたんだけど。どうしたんだろう……。何かおかしなことにでも巻き込まれてなければいいんだけど……」

岡崎という男は、サッカーで有名なスポーツ名門高校の出身で、本人もサッカー部でレギュラーをしていて全国大会のベスト4にまで残ったことがあるという実力者だった。

大学に入ってからは、膝《ひざ》の故障を理由にサッカーを引退していたが、それでも長身でガッシリとしたスポーツマンらしい均整の取れた身体と、爽《さわ》やかで精悍《せいかん》なルックスで女の子には人気があった。

性格も気さくで明るいので、男友達も多い。

静流も、同じ学部の中ではわりあい親しくしている相手だった。

少なくとも、奈々子が心配するような『おかしなこと』に巻き込まれるようなタイプには見えなかったが、それでも恋人である彼女に対してさえ五日も音信不通なのは変かもしれないと静流は思った。

「……何か、岡崎が『おかしなこと』に巻き込まれるような心当たりでもあるの？」

静流が尋《たず》ねると、奈々子は何やら心当たりでもあるのか、表情を曇らせた。

「うん、じつは……。岡崎くんと連絡が取れなくなる前の日の夕方、私の部屋で一緒《いっしょ》にテレビを見てた時なんだけど、あるニュースが流れた途端、彼、一瞬《いっしゅん》物凄《ものすご》く驚いた顔をしたのよ。

私が隣《となり》にいたから、すぐに平気な顔に戻ったけど、本当に一瞬顔色が変わってた。なんとなく、どうしたの？　って訊《き》けない雰囲気《ふんいき》だったから何も言わなかったんだけど、その後もなんだかぼんやりしてて心ここにあらずって感じだった。

彼と連絡が取れなくなったのは、その次の日からだから、もしかしたらやっぱりそのニュースと何か関係があるのかって心配で……」

「ニュースねぇ……。で、どんなニュースだったか覚えてる？」

奈々子の話を、腕組みしながら難しい表情で聞いていた金光がそう尋ねると、彼女は眉《まゆ》を寄せてその時のことを思い出しながら、「えっと、殺人事件だったと思う」と答えた。

この時点で、静流にはなんとなく嫌《いや》な予感がしたのだが、続く奈々子の台詞《せりふ》で、それは予感ではなく確信へと変わった。

「そうよ、思い出したわ。なんとかって暴力団員の人が、拳銃《けんじゅう》で撃ち殺された事件よ。ほら、確か新宿で」

「あらら、マジ？」

静流が反応するよりも早く、金光が素《す》っ頓狂《とんきょう》な声をあげて大袈裟《おおげさ》な身振りで両手を広げた。

金光には、少しばかり動作に芝居《しばい》がかったところがあった。

「どうするよ、静流ちゃん？」

「そんな、俺にどうするって言われても……」

小説や漫画《まんが》の中の名探偵《めいたんてい》ではないのだから、それだけじゃ何もわかりはしない。

そんな静流の戸惑《とまど》いに気づいているのかいないのか、自分から静流に話を振っておきながら、金光は勝手に奈々子に次々と質問をぶつけている。

なんだか、やけにその横顔が生き生きしているように見えるのは、おそらく静流の気のせいではないはずだった。

（そーいえば、『犯罪マニア』って言ってたもんな……。事件とかそーいうのに、興味《きょうみ》あるのか……）

やはり、自分にはわからない感覚だと、静流は軽く肩を竦《すく》めた。

（だけど、あの事件と岡崎に、いったいどんな接点があるっていうんだ？）

どうやら現在行方《ゆくえ》不明らしい友人の爽《さわ》やかな笑顔《えがお》を思い浮かべていた静流は、ふと脳裏《のうり》の隅《すみ》に何か引っかかるものがあることに気づいて秀麗《しゅうれい》な顔を顰《しか》めた。

(なんだっけ、何か思い出しそうなんだけど……)

静流が悩んでいるうちに、金光のほうは奈々子から何やらいろいろと訊《き》き出《だ》したらしかった。

「うーん、なるほどねぇ。ナナちゃん、ほかに岡崎から何かを預かってるとか、そーいうことはない？」

いったい何が『なるほど』なのかはわからなかったが、その金光の問いに、奈々子は急にハッとした表情になって、持っていたブランド物のハンドバッグに手を突っ込んで何やら懸命に探し始めた。

「え、何？　何？　何か預かってるの？」

興味津々《きょうみしんしん》の金光につられるように、静流も思わず身をのり出して奈々子のバッグの中を覗《のぞ》き込《こ》む。

「あったわ！　そうよ、あのニュースを見終わった後、岡崎くんにしばらくのあいだこれを預かっておいてくれって言われたの。やだ、どうしてそんな大切なこと忘れてたのかしら」

奈々子がバッグの中から取り出したのは、丸みを帯びた三角形の小さなプラスチック片

だった。

上半分が赤で、下半分は赤と金の格子模様《こうしもよう》になっている。

「……これは……」

静流はつい最近、これとまったく同じ物を見た覚えがあった。

「ギター・ピックじゃないか。ナナちゃん、ちょっと失礼するよ」

奈々子からギター・ピックを受け取った金光は、それを陽に透かすようにして眺《なが》めた後、裏側へ引っくり返した。

「あ、何か文字が書いてあるね。えっと、『ハンプティ・ダンプティ』って書いてあるみたいだよ」

金光の台詞《せりふ》に、静流は慌《あわ》ててその文字を確認する。

先日、国塚から見せてもらった物と同じく、そこには小さな黒の筆記体で『鏡《かがみ》の国《くに》のアリス』の登場人物の名が記されていた。

(いったい、どういうことなんだ……?)

『ジャバウォック』同様に『ハンプティ・ダンプティ』も、ルイス・キャロルの『鏡の国のアリス』に登場する、卵を擬人化《ぎじんか》したような生き物のことである。

「どうしたのさ、静流ちゃん。もしかして、何か心当たりでもあるのかい?」

静流の様子に怪訝《けげん》そうな表情で、金光が顔を覗《のぞ》き込《こ》んでくる。

静流は、咄嗟《とっさ》に例の事件の現場に落ちていたギター・ピックと、これが同種の物だと金光に告げようとしたが、目の端《はし》に不安そうな眼差《まなざ》しで自分たちを見つめている奈々子の顔が目に入ったので、すんでのところで別の言葉を口にしたのだった。

「……いや、岡崎がギターやってるなんて知らなかったから……」

「え？　岡崎くん、ギターなんてやってないわよ」

苦《くる》し紛《まぎ》れの静流の言葉を、奈々子はあっさりと否定した。

「ねぇ、ナナちゃん。これをきみに預ける時、岡崎何か言ってなかったかい？」

奈々子と静流の顔を、何故《なぜ》か考え深そうな様子で見比べていた金光だったが、指先でギター・ピックを何度か弾くようにして弄《もてあそ》びながらそう口を開いた。

「うーん、ただ大事な物だから、なくさないようにとだけは言ってたけど、ほかには特に何も言ってなかったと思うわ」

「なるほど、大事な物ねぇ。わかったよ、ありがとうナナちゃん。これ、返しておくね。岡崎に何があったのか、今すぐにはわからないけど、とりあえず今日の帰りにでもあいつのマンションに寄ってみるよ。あと、あいつの立ち寄りそうな場所も適当に当たってみるから、あんまり心配しないで。ね？」

意外にフェミニストな金光に感心しながらも、静流は先のギター・ピックの件を金光に告げるべきか悩んでいた。

もし、岡崎がなんらかの犯罪に巻き込まれた可能性があるのだとしたら、これはすでに警察の管轄《かんかつ》になる。

奈々子に余計な心配をかけたくはなかったが、静流はなんとなく嫌《いや》な予感がしてならなかった。

(ギターも弾かない奴等《やつら》が、なんでギター・ピックなんて持ってるんだ? それに、デザインが同じなのに、裏に書かれた文字が違っていることも気になる。最初は、どこかの店の名前か、ありきたりだけどバンドの名前なのかとも思ったけど、どうやらそんな単純なものじゃないようだし……)

そんなことを悶々《もんもん》と考えていた静流だったが、金光に肩を叩《たた》かれて我に返った。

「もう、静流ちゃんって、あんまり人の話聞いてないよね。ほら、とりあえずご飯食べに行くよ」

いつの間にか、目の前から奈々子の姿が消えている。

慌《あわ》てて廊下《ろうか》を振り向くと、かなり先のほうに、数人の友人に囲まれて歩いている彼女の姿を見ることができた。

遠目にも楽しげに談笑していると窺《うかが》える姿には、つい先刻《さっき》まで岡崎のことを殊勝《しゅしょう》な様子で心配していた姿が重ならない。

ずいぶんとドライなものなのだなと、静流は何故《なぜ》かやるせない気持ちになった。

もし自分が彼女の立場で、国塚が何日間も音信不通で、しかもなんらかの犯罪に巻き込まれた可能性があると知ったら、きっととっくに半狂乱になっている。

悠長《ゆうちょう》に大学で友人と談笑する心の余裕など、絶対にないに違いなかった。

「ナナちゃんなら、とっくに次の講義に向かったよ。俺らも早くご飯食べないと、次の講義に間に合わなくなっちゃうよ。それとも、自主休講する？」

金光に引《ひ》き摺《ず》られるようにして学食の列に並んだ静流は、友人にどう話を切り出していいものなのか困惑《こんわく》した。

「金光、先刻《さっき》のギター・ピックなんだけど……」

「やっぱり、迫田健二《さこたけんじ》の殺害現場に落ちていた物と同じ物だったのかい？」

静流に言われるまでもなく、金光のほうは先刻承知だったらしい。

友人の洞察力《どうさつりょく》に感心していた静流に、金光は急に声をひそめると、「だとしたら、岡崎けっこうヤバいかもしんない」と彼の耳元で囁《ささや》いた。

「ヤバいって、まさか岡崎まで殺されてるとか言わないだろうな？」

さすがにそこまでは考えていなかった静流は、顔色を変えて金光へと詰め寄った。

「しーっ、静流ちゃん、あんまり大きな声出さないでよ。詳しい話は、テーブルに座《すわ》った後でするから。ほら、トレイ持って落ち着いて。A定とラーメン大盛りだったよね？」

飄々《ひょうひょう》として摑《つか》みどころのない金光の言動に、どこか国塚と似たところを見つけて、静流はその事実に気づいた瞬間愕然《しゅんかんがくぜん》とした。

（もしかして、俺が金光を気に入ってるのは、金光が国塚さんと似てるからなのか？）

ただしこの場合、似てるのは外見ではなく中身のほうである。

（もしかして、俺は摑《つか》みどころがなくて飄々《ひょうひょう》とした、どちらかといえば質《たち》の悪い男がタイプだったりするのか？　それって、かなり趣味《しゅみ》が悪くないか？）

なにげなく、国塚に対しても金光に対しても失礼なことを考えていた静流をよそに、金光はテキパキと自分の分だけではなく静流の分まで注文をすませてしまっていた。

「ほら、静流ちゃん、ぼんやりしてたらラーメンこぼれるから気をつけてね」

まるで母親のような甲斐甲斐《かいがい》しさで静流の面倒を見ながらも、金光は目聡《めざと》く空《あ》いてる席を確保して、そこへ腰を落ち着けた。

当然のように、静流も金光の向かいの席へと腰かけさせられる。

「……先刻《さっき》の話の続き」

とりあえずは、希望どおりの大盛りラーメンをすすりながら、静流は言葉少なに先刻の話の続きを促した。

「うん、わかってる。でもその前に一つ確認したいんだけど、カメラマンさん、えっと国塚さんだっけ？　が事件現場で拾ったギター・ピックは、本当にナナちゃんが岡崎から預かった物と同じだったの？」

その金光の質問には、静流は少し悩みながらも首を振った。

「形とデザインは同じだけど、裏に書いてあった文字が違う。あっちは、『ジャバウォック』って書いてあった」

「なるほど、『ハンプティ・ダンプティ』に『ジャバウォック』か……。『鏡の国のアリス』だね」

金光はからあげ定食を選んだらしく、皿に山盛りになっているからあげに箸《はし》を突き刺したままで、しきりに納得したように頷《うなず》いている。

「最初は店かバンドの名前なんだろうって思ってたけど、書いてある文字が違うってことはそうじゃないよな。それがなんなのか、金光にはもうわかってるのか？」

金光が一人で納得しているあいだに、静流はマッハのスピードでラーメンを食べ終わるとそのツユまで綺麗《きれい》に飲み干して、A定食のほうへととりかかっていた。

静流のあまりの食べる速度の速さに気づいた金光が、ややげんなりした表情をしていたが、静流はまったく気にしなかった。

「……静流ちゃん、物を食べる時はよく嚙《か》んで食べるんだよ。それじゃないと、お腹《なか》こわすからね」

「平気。俺、腹丈夫だから」

国塚と同じような台詞《せりふ》を言う金光に、静流は不満げに唇《くちびる》を尖《とが》らせた。

何かと面倒を見てもらうことは嫌いじゃなかったが、子供扱いされるのはムカツク。静流は、自分がどれだけ我がままなことを考えているのかまったく自覚していなかった。

「まぁ、静流ちゃんがそう言うなら、べつにいいんだけどね……。えっと、本題に戻ろうか。ギター・ピックなんだけど、たぶんそれは何かの『会員証』みたいな物なんじゃないかと俺は思うんだ。どこかの会員制クラブとか、もしくは何かの『組織』とかのね……」

組織と口にした時、金光は一段と声をひそめたようだった。

分厚い眼鏡《めがね》の奥で、意外に鋭い眼差《まなざ》しがあたりを気にしていることがわかる。

(組織？　組織ってなんの……？)

すぐにはピンとこない静流の様子に、金光はやはり声のトーンを落としたままで説明を続けた。

「……最近、警察が血眼《ちまなこ》になって追ってる麻薬《まやく》組織があるんだけど、売人のほとんどが普通の高校生や大学生らしいんだよね。そのせいもあってか、なかなか裏で操《あやつ》ってる奴等《やつら》を挙《あ》げることができなくて警察も焦《あせ》ってるらしい。

でも、このあいだ殺された迫田は、その組織の幹部の一人じゃないかって話で、この売り物を流された××組と、警察の両方が迫田の背後にいる人間を今、必死で洗ってるんだよ。

あのギター・ピックがもし、その組織の人間の証明のような物なのだとしたら、迫田を殺した犯人が、あれを奪って逃げようとしたこともわかる。それを手がかりにして、奴等《やつら》がどこをアジトにして活動してるかわかるかもしれないんだからさ」

なんだかいつも自分が過ごしている安穏《あんのん》とした世界からはほど遠い殺伐《さつばつ》とした話に、さすがに食い意地のはった静流も食事の手を止めて目の前の友人の顔を凝視《ぎょうし》した。

「なんだよ、まさか岡崎もその組織の人間だとでも言うのか？」

明朗快活で爽《さわ》やかなスポーツマン、そんな明るいイメージしか浮かばない岡崎に、そんな裏の顔があるなど、静流は想像したくもなかった。

「直接関係あるのか、それとも間接的になんらかの関係があるのか、そこまではっきりわからないけど、たぶんね……。実際、この大学の奴でも、クスリに手を出してる馬鹿《ばか》が何人かいることを知ってる。あんまり考えたくないことだけど、学内に売人がいたとしても俺はあまり驚かないよ」

冷たいとも取れる淡々とした金光の口調に、静流は思いのほかショックを受けて食事の途中で箸《はし》をテーブルの上へ置いた。

「だって、あの岡崎だぞ？　そんな、まさか……」

自分の話に衝撃を受けている静流を見て、金光も溜《た》め息《いき》をつきながら箸を置いた。見れば、金光のほうが静流よりもさらに食が進んでいなかった。

「人間誰しも、見た目どおりってわけにはいかないよ。どっちかといえば、心の内になんらかの『闇《やみ》』の部分を抱《かか》え込んでる人間のほうが、この世の中には多いくらいじゃないかな。

俺も、あいつの何もかもを知ってるってほど親しかったわけじゃないからわからないけど、やっぱり膝《ひざ》の故障とかでそれまでやってたサッカーができなくなったりして、ムシャクシャしてたんじゃないのかな……。そんで、魔がさしたと……。まっ、あくまでも想像でしかないけどね」

この金光の台詞《せりふ》は、確かに静流にも納得できなくはなかった。

この世の中が、見た目どおりの人間ばかりじゃないことくらいは静流にだってわかる。善人面《ぜんにんづら》の悪人もいれば、悪人面の善人だって数多くいるだろう。

たとえば自分だってと、静流は中学時代のあまり素行《そこう》のよくなかった己を思い出して顔を顰《しか》めた。

どんなに尋《たず》ねても父親の話をしようとしない母親に反発して、今となっては思い出すのも馬鹿《ばか》らしいような子供じみた衝動で無茶をしていた。

警察に補導されたことも一度や二度ではない……。

酒、煙草《たばこ》、女、この三つを覚えたのは十四の時だった。

結局、そのどれに対しても、さほど執着《しゅうちゃく》も覚えずに一年もしないで厭《あ》きてしまった静流だったが、やはりあの頃の自分の愚《おろ》かな行動を思うと気が滅入《めい》る。

十四の時の自分と、今の岡崎を比較するのは筋違いかもしれなかったが、もし金光の言うように魔がさしただけなら、今頃岡崎もきっと後悔しているだろうと静流は思った。

「……それで、だとしたらどうすんの？　岡崎のこと、このままほっとくの？」

「いちおう、ナナちゃんにも頼《たの》まれたことだし、できるだけのことはしてみて、ヤバそうならあとは警察に任せようと思ってるんだけどね、どう？」

淡々とした様子ではあったが、岡崎を見捨てる気はないらしい金光の言葉に、静流はあからさまに顔には出さないものの、ホッとした気持ちになって頷《うなず》いた。

「そうだな、それがいいかもしれない。でも、俺たちにできることなんて、たかがしれてるんじゃないのか？」

金光の言葉に納得はしたものの、いまひとつ具体的に何をどう行動するべきなのか、静流にはピンとこなかった。

「まずは、岡崎のマンションに行ってみる。それから、奴《やつ》が行きそうな場所にも当たってみる。後は、それから考えようよ」

確かに、現在の自分たちにできるのはその程度のことだろう。

静流は今度は納得して頷いた。

「で、静流ちゃん、午後からの講義どうする？　もうちょっとで始まる時間だけど」

「自主休講」

「やっぱ、そうだよねぇ」

静流の答えにニコリと笑うと、金光は当然のように「それじゃあ行こうか」と言って立ち上がった。

もちろん、食べた食器を片付けることも忘れない。

金光の後について、半分ほど残してしまった昼食を、少しばかり名残惜しく感じながら静流も片付ける。

「奢《おご》ってもらったのに、残してゴメン」

静流が謝ると、金光は「いいよ、気にしないで」と言って笑った。

しかし、「あ、ノートちゃんとコピーさせてよね」とつけ加えることも忘れない。

「それじゃあ、岡崎のとこ行く前に、いったん家に戻ってノート取ってくる」

「そうだね、俺もちょっと用意したいものがあるから、一回自分のマンション戻るよ。時間決めて、どっかで落ち合おうか？」

食堂を出て、そのまま学生通用口へと向かいながら、静流と金光はこの後のことを相談した。

「岡崎のマンションの前は？　自由《じゆう》が丘《おか》なら俺のとこから日比谷《ひびや》線で行けるし、金光だって東横《とうよこ》線で一本だろ？」

国塚のマンションがあるのは恵比寿《えびす》で、金光のマンションがあるのは中目黒《なかめぐろ》だった。

金光は実家も都内にあるくせに、親が金持ちらしく中目黒にマンションを買ってもらって独《ひと》り暮《ぐ》らしをしているのである。

岡崎は静流同様に地方の出身で、自由が丘にワンルームの部屋を借りていた。

実家に戻っているという線も外せないので、後でそちらにも適当な理由をつけて連絡してみる必要があるかもしれない。

その考えを金光に話すと、「ああ、いいとこに気がついたね」と感心されて、静流は先生に褒《ほ》められて嬉《うれ》しい小学生のような気分になった。

「でも静流ちゃん、岡崎の実家の連絡先知ってる？」

もちろん、知るはずなどなかった。

「そうだよねぇ、俺も知らない。でも、いざって時は教務課のパソコンにハッキングしちゃえばいいから心配いらないよ」

まるで天気の話でもするかのような軽い口ぶりで、金光はとんでもない台詞《せりふ》を吐いた。

「……ハッキングって、おまえ……」

「大丈夫だよ。バレるようなヘマはしないから」

そういう問題ではなかったが、確かに警察の無線を盗聴《とうちょう》しているような金光になら、大学のコンピュータに侵入することくらい造作《ぞうさ》もないことに思えた。

「……わかった。そういうことは、おまえに任せるよ」

「うん、ドーンと任せてよ。それじゃあ、岡崎のマンションの前に四時でいいかな？」

「……了解」

なんだか妙なことになったなと考えながらも、静流は大学の前で金光と別れると、恵比寿にある国塚のマンションへと向かったのだった。


暗証番号を押して電子ロックを外し、七階建てマンションの三階にある国塚の部屋へと向かう。

てっきり国塚は出かけているものだと思って、渡されている合《あ》い鍵《かぎ》で部屋の中へ入った静流だったが、意に反して国塚はまだ在宅していた。

本当は、今朝の予定では午後の講義も受けるつもりだった静流は、国塚に今日は撮影《さつえい》につき合えないことを前もって告げてあった。

だから、とっくにどこかに出かけているものだと思っていたので、国塚の在宅が静流には少し嬉《うれ》しかった。

（なんだ、電話中か……）

リビングのほうから、何やらボソボソと喋《しゃべ》っている国塚の低い美声が聞こえてくるところをみると、そういうことなのだろう。

来客の気配はないし、まさか独《ひと》り言《ごと》を呟《つぶや》いているとも思えない。

静流は一瞬《いっしゅん》、どうすべきか迷ってエントランスで立ち止まった。

べつに、いつもどおり普通に「ただいま」と声をかけてリビングに入っていけばいいことなのだろうが、一瞬の躊躇《ためら》いが静流の行動を鈍くしていた。

盗み聞きなどするつもりはなかったのに、ついつい国塚の声に耳を傾けてしまう。

「そうか、すごいじゃないか！　さすがだな、貴子《たかこ》。あの大女優、嶋《しま》カオリの芸歴三十周年の記念ジュエリーのデザインを任されたなんて、おまえもこれで本格的に一流デザイナーの仲間入りってわけだ」

国塚が電話口で呼んだ『貴子』の名に、静流は自分でも滑稽《こっけい》なほどに激しく動揺《どうよう》した。

その名前と会話の内容から、相手が国塚が以前つき合っていた女の一人である、ジュエリー・デザイナーの冴羽《さえば》貴子だとわかったからである。

貴子は、国塚が過去につき合ってきた大勢の女の中でただ一人、関係が切れた後も彼が友人としてそばに置いている稀有《けう》な女性だった。

静流も何度か会ったことがあるが、頭のいい凛《りん》とした美女で、悔しいことには女としては間違いなく最高ランクにあると思われる相手である。

国塚と並んで立つ姿は、静流の目から見ても似合いの美男美女のカップルにしか見えなかった。

国塚と静流の関係を知っても、嫌悪《けんお》することなく寛容に二人のことを受け入れてくれた彼女のことを、正直言えば静流もけして嫌いではない。

けれど、ふとした瞬間《しゅんかん》に国塚と貴子のあいだに流れる、どこか濃密な大人の空気がいつも静流を不安にさせるのだった。

子供である自分にはわからない、以前恋人同士だった二人だけが知ってる、そんな秘《ひ》めごとめいた空気に、静流はどうしても嫉妬《しっと》を覚えずにはいられないのである。

(国塚さんを信じてないわけじゃないんだ、でも俺は彼女のように自分に確固とした自信がないから、だから不安になる……)

いつか国塚が自分から離れていってしまうような、そう遠くない将来、国塚から捨てられてしまうような、そんな漠然《ばくぜん》とした不安をいつも静流は抱《かか》えている。

現につい先日、国塚は静流をつき放そうとした。

その時は、なりふりかまわずに静流が国塚に縋《すが》って、彼を引き止めることができたが、はたして次もそう上手《うま》くいくかは静流にはまったく自信がない。

国塚に向かって、威勢のいい啖呵《たんか》をきってはみたものの、内心では本当に彼が自分から離れていったらどうしようとビクビクしていた。

国塚は、静流の若さが不安なのだと言っていたが、それを言うなら静流だって、国塚が大人であることが不安だった。

べつに静流は国塚に『責任』など取ってほしくもなんともないのに、国塚はしきりにその『大人の責任』を気にしている。

そして静流は、とってほしくもない『責任』を理由に、国塚を自分のもとへと繋《つな》ぎとめているのだった。

こんなに好きなのに、どうして上手《うま》く気持ちが伝わらないのだろう？

愛されているはずなのに、どうしてこんなに不安なんだろう？

静流が、泣きそうな気持ちでリビングの扉の前に佇《たたず》んでいることも知らずに、国塚は相変わらず楽しげに電話で貴子との会話を続けている。

「え、お祝い？　相変わらず図々《ずうずう》しい奴《やつ》だな、何が欲しいんだよ。まぁ、食事くらいなら奢《おご》ってやってもいいけどな。ん？　えぇーっ、今夜か？　今夜ねぇ……。そうだなぁ、特に予定もないからいいか。時間も場所も、おまえのほうで勝手に決めてくれていいぜ」

どうやら今夜、貴子と会う約束をしているらしい国塚に、静流の胸はチリチリ痛んだ。

（なんだよ、楽しそうにさ。とっくに別れたとかなんとか言って、じつはまだ未練《みれん》あるんじゃねぇのかよ……。そうだよな、貴子さんは俺なんかと違って美人で大人だもんな）

勝手にすればいいさ。

静流は唇《くちびる》を嚙《か》むと、自嘲《じちょう》するように苦く笑った。

醜《みにく》い嫉妬《しっと》で心の中をドロドロにしている自分が、情けなくて仕方がなかった。

「え、静流？　うん、今は大学行ってるよ。今日は、午後から大事な講義があるとか言ってたから、少し帰りが遅いかもな……」

突然聞こえてきた自分の名前に、静流はドキリとしながら耳を澄《す》ました。

「……馬鹿《ばか》、何言ってんだよ。心配されなくても、上手《うま》くやってるさ。大切にしてる、当然だろ。ただ……」

(ただ……？)

国塚の次の言葉を、静流は全神経を集中するようにして待った。

そして、国塚がそれまでの明るい声と打って変わった静かな声で続けた言葉は、その時の静流を打ちのめすのに充分な効果のあるものだった。

「ただ、時々怖《こわ》くなることがある。静流の俺に対する気持ちが重すぎて、時々な……」

(……怖い？　俺の気持ちが……？)

自分の気持ちが、国塚の重荷になっていることを知り静流は愕然《がくぜん》とした。

(そうなりたくないと思って気をつけてたはずなのに、結局は……)

誰よりも愛しているはずの人間に、精神的に負担をかけてしまっていたのだ。

「……ああ、まぁ結局はそういうことなんだけどさ。うるさいなぁ、ほっといてくれ。それよりも、今夜の待ち合わせ場所どうするんだよ。いつものとこでいいのか？」

貴子と今夜の待ち合わせ場所の話をしている国塚の声をどこか遠くに聞きながら、静流は静かにリビングのドアを開けた。

「あれ、静流……？　どうしたんだ、早いな」

ソファーの肘《ひじ》かけに、もたれるようにして長い脚《あし》を組みながら電話をしていた国塚は、静流の姿を見て驚いたように目を丸くした。

「ん、ちょっとね……」

貴子との会話を聞かれても、まるで悪びれない様子の国塚にわずかに頬《ほお》を歪《ゆが》めながら、静流は恋人の前を横切ると、そのまま自室として使用している客間へと向かった。

そして、金光に約束したノートを机の上から探し出すと、カバンの中へ忘れないようにすぐにしまった。

腕時計に目を落とせば、金光との約束の時間までにはまだずいぶんと間がある。

しかし、こんなモヤモヤした気持ちのままで国塚のそばにいても、ロクなことがないだろうことはわかっていたので、静流はとりあえずはマンションを出てから適当に時間をつぶすことにした。

余計な詮索《せんさく》をされたくないので、国塚がまだ貴子と電話中であることを祈りながら、リビングへと続くドアを開けようとした静流だったが、彼が開けるよりも一瞬《いっしゅん》早くドアが外側へと開いたので、ビクリと驚いたように後退《あとずさ》った。

どうやら、静流のささやかな願いは神様に聞き入れられなかったらしい。

「静流、なんだどこかに出かけるのか？　具合でも悪いんじゃないのか？」

ドアを開けて部屋の中へと入ってきた国塚は、うなだれたように俯《うつむ》く静流の様子にわずかに不審《ふしん》げな表情を浮かべながらも、心配そうな口調で静流の肩へと手を伸ばした。

「……なんでもない。ちょっと大事な用があるんだ。俺……、二、三日友達んとこ厄介《やっかい》になるけど気にしないでよ。それじゃあ……」

自分の肩を摑《つか》んでいる国塚の大きな手から逃れるようにして身を捩《よじ》ると、静流はやや早口でそれだけのことを告げて玄関へと向かおうとした。

けれど、わかっていたことではあったが、国塚は静流のそんな曖昧《あいまい》な態度を許そうとはしなかった。

「何を言ってるんだ？　大事な用とか、友達のところに厄介とか……。そんな説明じゃ、全然わからないじゃないか。だいいち、おまえ今日は午後から抜けられない講義があるとか言ってなかったか？　この時間にここにいるってことは、サボったんだな」

咎《とが》める口調で腕を取られて、強い力で引き寄せられる。

「うるさいな、ほっといてくれよ。親父《おやじ》みたいなこと言うなよ」

いつもなら、国塚に気にかけて心配してもらえることが嬉《うれ》しいと感じるのに、今日に限っては、その保護者めいた詰問《きつもん》口調《くちょう》が癇《かん》に障《さわ》った。

（どうせ、俺のことなんて、重荷だと思ってるくせに……）

「……何かあったのか？」

静流の反抗的な態度を怒る代わりに、国塚は男らしい顔に労《いたわ》るような表情を浮かべた。抱き締められ、子供を慰めるように優《やさ》しく髪を梳《す》かれて、静流は自分を抱く男の腕の温かさに泣きたいような気持ちになった。

このままその腕の温かさと力強さに懐柔《かいじゅう》されてしまいたいと思う心と、このままではいつまで経《た》っても同じことの繰り返しだと嘆《なげ》く心との板ばさみになった静流は、結局、悩んだ末に後者を選んだ。

「……子供扱いするなよ。俺だって、あんたに言いたくないような用事の一つや二つあるんだからな……」

国塚の胸を押して自分から遠ざけると、静流は長い睫毛《まつげ》を震わせながら唇《くちびる》を噛《か》んだ。

違う、言いたかったのはこんな言葉ではないはずなのにと思いながら……。

「静流、何を怒ってるんだ？　俺は何かおまえを怒らせるようなことをしたのか？」

あくまでも静かな声音でそう尋《たず》ねる国塚に、静流はこれだから聡《さと》い男は嫌《いや》なんだと心の中で毒突《どくづ》いた。

「べつに……」

「嘘《うそ》つけ、べつにって顔じゃないだろ」

再び腕を取られたが、今度はさりげなくではなく思いきり振り払った。

とに苛《いら》つく。

　つい先日までは、国塚に触れてほしくて仕方がなかったというのに、今は触れられるこ
　国塚のその大きな手の温《ぬく》もりや、眼差《まなざ》しが優《やさ》しければ優しいほど、妙な焦燥感《しょうそうかん》を覚える静流だった。

「……気安く俺に触るな」

「今さら、何を言ってるんだ？」

　まったく何度も身体《からだ》を重ねておいて、国塚の言うとおり今さら何が気安く触るなである。

　さすがに呆《あき》れたように溜《た》め息《いき》をつく国塚に、静流は自分が子供じみた癇癪《かんしゃく》を起こしているのだとわかっていながら、素直《すなお》になることができなかった。

「まったく、またおかしな勘《かん》ぐりでもしてるんだろ？　さっきの貴子との電話が気に障《さわ》ったのか？　だったら、素直にそう言ったらいいだろ。おまえが、俺に貴子には会ってほしくないと言うなら、俺はあいつとは会わないよ」

　結局は、いつものように国塚が折れるのに、静流は泣きそうな顔で首を振った。

「やめてくれよ……。俺が馬鹿《ばか》言ってるんだから、怒ればいいじゃないか。すぐそうやって、仕方なさそうな面《つら》して俺のこと甘やかしてるんじゃねぇよ。嫌《いや》だよ、どうしてこんなに辛《つら》い気持ちになるんだろう？　いっそのこと、あんたと別れたら楽になるのかな？」

言ってることが支離滅裂《しりめつれつ》なことは、自分でもわかっていた。

自分から国塚と別れることなど、どうしたってできるわけもないくせにと、静流は馬鹿《ばか》なことを口走った己を責めた。

そんな静流に、国塚が途方に暮れたような顔つきで、「静流……」とそれでも優《やさ》しい声音で自分の名を呼ぶのに、耳を塞《ふさ》ぎたくなる。

「何をいったい不安に思ってるんだ？　俺はおまえのものなんだろ？　何があっても離れないと言ってくれたのは、おまえのほうじゃなかったのか？

確かに、一時期は俺も迷ってて、おまえを不安にさせるような言動を取ってたという自覚がある。おまえに触れることさえも避けてた……。でも今は違うぞ。俺はもう迷ってない。静流が一生俺から離れないと言ってくれたのと同じくらいの気持ちで、いや、もしかするとそれ以上の気持ちで、おまえを俺のそばから一生離す気はない」

国塚の告白に、静流は結局我慢できずに泣きだした。

どうして自分は、これほどまでにこの目の前の男のことが好きなのだろう？

このままでは、彼に近づく女ばかりではなく、国塚の仕事仲間や友人たちにまで醜《みにく》い嫉《しっ》妬心《としん》を抱きそうだった。

出会ってから一年半が経《た》つが、いまだに国塚へ対する思いの果てが見えない己の情の強さが、静流は恐ろしくてならない。

いつか、この自分の過ぎた愛情が、国塚を傷つけることになりそうで怖《こわ》かった。だからこそ俺のことを『怖い』と言ったんだ)

(いや、違う。国塚さんは、とっくに俺のそんな醜《みにく》い気持ちに気づいていて、だからこそ俺のことを『怖い』と言ったんだ)

「……静流」

声もなく涙を流す静流に、国塚は手を伸ばしかけて、途中で躊躇《ためら》うようにしてその手を止めた。

静流の涙で濡れた瞳《ひとみ》が、彼に触れられることを拒否していることに気づいたためだった。

「……ごめん、国塚さん……。俺、今は冷静に自分の気持ちを、国塚さんに説明できそうにない……。少し、国塚さんから離れて一人で考えてみる……。だから、今はごめん……」

涙を拭《ぬぐ》うことも忘れて、静流はかろうじてそれだけの言葉を国塚に告げると、そのまま恋人の脇《わき》をすり抜けて玄関へと向かった。

「静流、待ちなさい！」

当然後を追ってくる国塚に、玄関先で靴を履《は》いていた静流は、ようやく手の甲で涙を拭いながら振り返った。

「……なんで追ってくるの？　俺のこと『怖い』って言ってたくせに、俺のこと、本当は

た。

静流が先刻《さっき》の貴子と自分との、電話での会話を盗み聞いていたことに気づいたためだっ
静流の言葉に、国塚はハッとしたように表情を強張《こわば》らせた。

「静流、おまえ……」

重荷だって思ってるくせに……！」

「違うんだ、静流。あれは、そういう意味じゃなくて……」

「聞きたくない……。今の俺、冷静じゃないから、国塚さんに何を言われても、きっと素《す》直《なお》に信じられないと思うから……。だから、少し時間をちょうだい。落ち着いたら、そしたら必ず戻ってくるから……」

静流の言動に、国塚も戸惑《とまど》っている様子だった。

強引《ごういん》にでも引き止めるべきか、それともこのまま静流がしたいようにさせるべきか、その端正《たんせい》な顔の下で激しく葛藤《かっとう》しているらしいことが、静流にさえもわかる。

「……わかった。そこまで言うなら、静流の好きにしたらいい」

疲れたように溜《た》め息《いき》をつく国塚の姿に、静流は胸が痛むのを感じたが、ここで彼のもとへ戻れば、また同じことの繰り返しなのだと自分に言い聞かせて我慢した。

（だって、今のままじゃきっと駄目《だめ》だ……）

「……ごめん」

そしてそれだけの言葉を小さく呟《つぶや》くと、後は背後を振り返ることなく静流はマンションを飛び出したのだった。


「あれぇ、静流ちゃん早かったねぇ」

国塚のマンションを出てから、静流はどこかで時間をつぶすような気分にもなれず、そのまま真っ直ぐ金光との待ち合わせ場所である岡崎のマンションへと向かった。

待ち合わせの時間までは、まだ三十分以上もあったが、静流はその時間をマンションの前の児童公園のベンチにぼんやりと腰かけて過ごした。

「ごめん、もしかして待たせちゃった？」

金光が姿を現したのは、約束の時間の十分ほど前で、もちろん待たせてごめんと彼が謝るのは筋違いのことだった。

「いや、俺が少し早くつきすぎただけだから……。あ、ノート持ってきたぜ」

「サンキュー♡　あとでコピーさせてね。でも、これから岡崎の部屋に入るから、あいつの部屋に俺のノートがあったら、いらないかもーっ。その時はごめんね」

静流は「なんだよそれ」と苦笑いしながら立ち上がった。

「岡崎いなかったら、部屋入れないじゃん」

「それが、そうでもないのさ。いなくたって入れちゃうんだな、これが」

足取りも軽くマンションの入り口へと向かう金光の姿に、静流は眉《まゆ》を寄せて怪訝《けげん》そうな眼差《まなざ》しを友人へと向けた。

「言っとくけど、俺は犯罪の片棒を担《かつ》ぐ気なんてないからな」

「何考えてんの、失礼しちゃうなぁ。俺は普通に、ナナちゃんから借りた合《あ》い鍵《かぎ》で部屋に入ろうと思ってただけなのにさ」

ほらね、と言って、静流の目の前に銀色の鍵をかざす金光に、静流はいったいいつの間に？　と目を丸くした。

「そんなのいつ借りたんだよ？」

「それは、企業秘密です」

何を言ってんだと呆《あき》れながらも、用意周到《よういしゅうとう》な金光にはやはり感心する。

静流一人なら、絶対にそんなことまで頭が回らなかったに違いなかった。

岡崎の住むマンションは、マンションとは名ばかりで、どちらかといえば少し高級なアパートと呼ぶほうが正しい。

べつに入り口に電子ロックもなければ、それほどセキュリティー管理がしっかりしているわけでもなかったので、合い鍵さえあれば岡崎の部屋の中に侵入するのはたやすかった。

「ここ最近、本当に自分の部屋に帰ってないみたいだね。ダイレクトメール、けっこうたまってるもん」

　ズラリと並んだ玄関口の郵便受けの中から、『岡崎』と書かれている郵便受けを見つけて中を覗《のぞ》き込《こ》むと、金光は静流のほうを振り返って同意を求めた。

「本当だ……。てことは、今日もいないってことか」

「そうだねぇ。さっき何度か電話してみたけど、やっぱり留守電のままだったよ」

「うん。それは俺もしてみたけど、携帯《けいたい》も自宅もどっちも駄目《だめ》だった」

　顔を見合わせ互いに溜《た》め息《いき》をつくと、二階にある岡崎の部屋へと向かった。

「あれ、エレベーター使わないの？」

「監視カメラに映りたくないから、階段で行きますよん」

　なんだか本当に犯罪者みたいだよと、静流は形のいい眉《まゆ》の端《はし》をハの字に下げた。

「静流ちゃん、ずっとあそこの公園にいたなら、誰か怪《あや》しい奴《やつ》とか見なかった？」

「えっ、怪しい奴？　ガキとオバチャンしか見なかったけど。しいて言えば、俺が一番怪しかったような気がする……」

　こんなに天気のいい日中に、児童公園のベンチで一人ボーッと座《すわ》ってる若い男。どう考えても怪しい、下手すれば変質者に間違われてもおかしくないかもしれない。

「大丈夫だよ、静流ちゃんが変質者に間違われるわけなんてないって」

「なんで、そんなこと言いきれるんだよ？」

「それは、静流ちゃんが美人だからです」

いったいどんな理屈《りくつ》だと脱力する静流を気にした様子もなく、金光は「ついた、ついた」と呟《つぶや》きながら狭い廊下《ろうか》を駆けていく。

「岡崎、いるなら返事しろーっ！　俺の民法のノート返せーっ！」

叫《さけ》びながらピンポンピンポンピンポンと忙《せわ》しなくインターホンを鳴らす金光に、さらに身体《からだ》の力が抜けるような気分になって、静流は廊下の壁へと背中を押しつけた。

「うーむ、やはりいないようなので、心置きなく突入するとしましょうか」

インターホン攻撃の後、ドアが開くのをしばらく待っていた金光だったが、予想どおり中からの反応がないので奈々子から借りた合《あ》い鍵《かぎ》を取り出した。

「岡崎の奴《やつ》、いったいどこに行っちまったんだ？」

「だから、それはこれから俺たちが突き止めるんでしょ。ほら、開いた。イェーイ！　オープン・ザ・セサミ！」

テンションの高い金光に引《ひ》き摺《ず》られるようにして、静流は岡崎の部屋の中へ入った。

以前に二度ほど遊びに来たことがあるが、見たところ部屋の中の様子は前に見た時と特に変わっていないように静流には思えた。

もともと片付いていたのか、それとも昨日奈々子が片付けたのかはわからないが、部屋の中は綺麗《きれい》に片付いていて、特別目を引くような物も見当たらない。

「静流ちゃん、何か手がかりになりそうな物がないか早く探して、探して」

「あ、うん……」

金光が、ラップトップ・パソコンののった机の周囲をひっかき回しているのを見て、静流は仕方なく本棚の周辺に何か岡崎の行方《ゆくえ》や、例の組織に関する物が隠されていないか探すことにした。

ほとんど天井近くまである大きな本棚は、ビデオラックも兼ねているらしく、参考書や単行本に交じって、やや乱雑にビデオも並べられていた。

岡崎は、あまり自分が録画したビデオの整理には熱心でないらしく、ラベルにタイトルが書かれているものと書かれていないものが、なんの法則もなく適当に並んでいる。

（……あれ、なんでこれだけ逆なんだ？）

それでも、いちおうはすべてラベルの貼《は》られているほうを向けて棚に並べられている中で、何故《なぜ》か一本だけ黒いケースの背を向けて収められている物があることに気づき、静流は不審《ふしん》に思ってそのビデオケースを手に取った。

「なんだ、これ……？」

見ると、ケースの中にはビデオテープの代わりに一冊の文庫本が入っていた。

タイトルを見れば、『マザー・グース』とある。

言わずと知れた、イギリスの有名な童謡集《どうようしゅう》のことである。

その独特の、ほのぼのとしていながらもどこかダークな内容に、昔から多くのミステリー作家が小説の題材などにも使用していることで有名だった。

中でも特に有名なものには、ミステリーの女王アガサ・クリスティの『そして誰《だれ》もいなくなった』がある。

映画化もされているので、さしもの活字嫌いの静流でさえ知っている作品だった。

「『アリス』の次は、『マザー・グース』かよ……」

文庫本を握り締めて溜《た》め息《いき》をついていた静流に、背後から金光の脳天気な声がかかる。

「静流ちゃん、何か見つかったの？　俺も、俺の民法のノート見つかったよん♡」

いったい何を探しに来たのだと、顔を顰《しか》めて背後を振り返れば、金光はいつの間にか机の上で岡崎のパソコンを立ち上げているところだった。

「おまえ、人のパソコンを勝手にいじんなよ」

「仕方ないでしょ、この場合。さて、ファイルの中に怪《あや》しいものはーっと……」

手慣れた様子で、どんどん登録してあるファイルの中を覗《のぞ》いていく金光の肩越しに、静流もなんだかんだ言いながらも興味深《きょうみぶか》げに画面を覗き込む。

「岡崎の奴《やつ》、意外に真面目《まじめ》だなぁ。授業関連のファイルばっかじゃん……。と、あったぞ。これ、一個だけロックかかってる。『X-FILE』なんて名前つけて、あいつも馬鹿《ばか》だよね。さて、こんなロック、俺にかかればチョチョイのチョイっと……」

ブツブツ言いながら物凄《ものすご》い勢いでキーボードを叩《たた》いている金光が、いったい何をしているのか静流にはとっくに理解不能だった。

「と思ったら、今度はパスワードだ。なんだ、この入力スペースの前の『Q』ってのは？　まっ、最初は適当に岡崎の名前でも入れてみるか……」

金光の言葉どおり、画面はパスワードの入力画面へと切り替わっていたが、入力スペースの前に英文字の『Q』が表示されていた。

「えっと、『ＯＫＡＺＡＫＩ　ＫＥＮＧＯ』……。ん、駄目《だめ》だな。じゃあ、今度は名前と名字を逆に入力……しても、駄目か……。それじゃあ、やっぱりアレかな？」

「アレって？」

静流が尋《たず》ねると、金光はチッチッと人差し指を静流の顔の前で振った。

「やだなぁ、静流ちゃん。さっきナナちゃんから見せてもらった、岡崎からの預かり物のこと忘れちゃったのかい？」

「預かり物……ってことは、ギター・ピックか……」

「そのとーり！　そして、そこに書かれていた文字といえば、これでしょう！」

金光は自信ありげにそう叫《さけ》ぶと、今度はパスワード画面に『ＨＵＭＰＴＹ　ＤＵＭＰＴＹ』と打ち込んだ。

ピッという短い電子音の後に、『パスワードを確認しました』の文字が画面へと映し出される。

　しかし、静流と金光が「やった」と喜んだのも束《つか》の間《ま》、再び画面には『では次のパスワードの入力をしてください』のメッセージが現れたのだった。

　同時に、一つ目のパスワード入力スペースの下に、もう一つのパスワード入力のスペースが現れ、『Q』の下に今度は『A』という文字が表示される。

「QとA……？　あ、もしかして、Q&Aって意味なのかな？」

　静流の呟《つぶや》きに、金光も納得したように頷《うなず》いた。

「なるほどね。さえてるぅ、静流ちゃん。でも、『ハンプティ・ダンプティ』に対する『答え』ってなんなんだろうね？」

　自分よりも数倍頭のいい金光にわからないことが、自分になどわかるはずがないだろうと、静流は軽く肩を竦《すく》めることで応《こた》えた。

「仕方ないなぁ、適当にいろいろ入力してみるか……」

　そうして、しばらくのあいだパソコン相手に奮闘していた金光だったが、立て続けの甲高いエラー音に辟易《へきえき》したように、背中をのけ反らした。

「かーっ、わかんねぇー！　何かヒントはないのか、ヒントは……！　って、静流ちゃん、その手に持ってるのは何？」

　金光の後ろで、パソコンと格闘している友人の姿をおとなしく見守っていた静流は、突然金光に声をかけられて驚いたように一歩後退《あとずさ》った。
「何って、先刻《さっき》そこの本棚で、空のビデオケースの中に隠してあったのを見つけたんだけど……」
「……静流ちゃん。そーいうことは早く言ってよね、もう。ほら、その本こっちにちょうだい」
ばつの悪い表情で持っていた本を金光に手渡すと、本のタイトルを見た途端に金光は、レンズの分厚い眼鏡《めがね》の奥で瞳《ひとみ》をキラリと光らせた。
「『マザー・グース』ってことは、もしかして……。あっ、やっぱりあった、これだ」
パラパラと本の頁《ページ》を捲《めく》っていた金光は、ちょうど栞《しおり》の挟まっていた頁で手を止めると、嬉々《きき》とした様子でその頁に書かれていた詩を読み始めた。
「ハンプティ・ダンプティ　へいにすわった
ハンプティ・ダンプティ　ころがりおちた
おうさまのおうまをみんな　あつめても
おうさまのけらいをみんな　あつめても
ハンプティ・ダンプティを　もとにはもどせない」
静流は、本を開いている金光の手元を覗《のぞ》き込《こ》みながら、不思議そうに首を傾《かし》げた。
「『ハンプティ・ダンプティ』って、『鏡の国のアリス』だけじゃなく、『マザー・グース』

にも出てくるのか？」

　静流の質問に、金光はニッコリと微笑《ほほえ》みながら頷《うなず》いた。

「こっちが元祖さ。もともと、これは謎《なぞ》かけ詩だったんだよ。『ハンプティ・ダンプティ』の正体はなんなのか？　っていうね。キャロルは、この詩から『ハンプティ・ダンプティ』という名の特異なキャラクターを創造したんだ」

　金光の説明に、静流はそうだったのかと感心したが、すぐに肝心《かんじん》の謎々の答えがなんなのか気になり、金光に早く答えを言うように促した。

「答えは、高い所から転げ落ちて、一度割れたら二度とは戻らない小さくて丸みを帯びた物……。そう、答えは『タマゴ』だよ。だからパスワードの『A』は、『EGG』だ」

　台詞《せりふ》と同時に金光がパソコンに二つ目のパスワードを入力すると、今度こそ『パスワードの確認が完了しました』のメッセージがパソコン画面に流れる。

　そして、画面が切り替わり、次の瞬間《しゅんかん》に画面に現れたのは、何十人もの名前が記されている顧客名簿《こきゃくめいぼ》らしき一覧表だった。

「なんなんだよ、これ？」

「名前・住所・電話番号・日付・金額・グラム数……ってことは、そのままズバリ、クスリを買ってた客の名簿だろうね……。岡崎の奴《やつ》、こんなヤバいもん残してるってことは、強請《ゆすり》にでも使うつもりだったのかもな」

呆《あき》れたような溜《た》め息《いき》混じりの金光の言葉に、静流は行方《ゆくえ》をくらませている友人が、本当に犯罪を犯していたことを知ってショックを受けた。

「もしくは、すでに強請《ゆす》って、それが組織の上層部にでもバレたってところかな。どっちにしても、これはいちおうＦＰＤ《フロッピーディスク》にコピーして、いざって時には警察に提出しなきゃな」

すでに、こんな事態を予測していたのか、金光は背負《せお》っていたリュックから、初期化済みのＦＰＤを取り出した。

それを、そのままパソコンにセットすると、データのコピーを始める。

「……なぁ、岡崎の奴《やつ》まだ生きてるよな？」

いくら犯罪者かもしれないとしても、友人が誰かに殺されそうなのを見過ごすわけにはいかなかった。

まだ生きてるのだとしたら、どうにかして助け出して、岡崎には自首するように勧めたいと静流は思った。

そして、その静流の意見には、金光も賛成してくれたのだった。

「当然、どんな馬鹿《ばか》でも、ヤクザに殺されたとなっちゃ寝覚めが悪いよ。どうにかしてあいつの行方突き止めて、自首するように説得しよう。でもその前に、組織のアジトってやつを突き止めたほうが早いかな」

金光が不敵な表情でそんなことを言うのに、静流はなんだか嫌《いや》な予感がしながらも、

「どうやって?・」とすっかり水を得た魚のように生き生きしている友人へ向かって尋《たず》ねた。

すると金光は、データをコピー中のパソコン画面に視線を移すと、まるで当然のように
それを指差してニヤリと笑ったのだった。

「せっかくだから、これを利用させてもらいましょ♡」

STAGE 3

「遅いわよ。待ちきれなかったから、先にやってるわ」

「国塚《くにづか》、おまえ相変わらず時間にルーズだな」

待ち合わせ場所の店のドアをくぐると、入り口からほど近い場所に座《すわ》っていた濃紺《のうこん》のパンツスーツ姿の美女と、こちらは一転してラフな格好《かっこう》の髭面《ひげづら》の男が、片手を上げて国塚に声をかけてきた。

国塚は、相手を確認すると、わずかに苦笑を浮かべながらも「悪い」と短く謝った。

じつをいえば、国塚は今夜の貴子《たかこ》との約束をキャンセルするつもりでいた。

なのに結局国塚がこの場にいるのは、貴子の隣《となり》で笑っている髭面の男がどうしても国塚と会いたいと言ったからだった。

男の名前は三浦圭一《みうらけいいち》といって、影山《かげやま》同様に早稲田《わせだ》で国塚の同期だった男である。

現在は、こう見えても某有名新聞社の社会部に勤務していた。

（……楽しく飲めるような気分じゃないんだがな）

静流《しずる》がマンションを飛び出していった後、残された国塚はしばしのあいだ呆然《ぼうぜん》とエントランスで立ちつくしていた。

いったい何をどう誤解したのか思い詰めた様子の静流に、その時は今は何を言っても無駄《だ》だから、静流の言うとおり彼が落ち着いて戻ってくるのを待とうと思った国塚だったが、時間が経《た》つにつれて、本当に静流は帰ってくるのだろうかと不安になった。

落ち着いて考えてみれば、あの時、本来なら帰ってくるはずのない時間帯に静流がマンションに戻ってきたのも不思議だったし、ほかにもなんだか様子が変だった。

静流が国塚と貴子の電話の内容を聞いてしまったのは、あくまでも偶然の出来事なのだから、静流は確かにほかになんらかの理由があって、大切なはずの講義をサボってまでマンションに戻ってきたはずなのである。

（いったい、何があったんだ……？　俺は、もしかすると静流をあのまま行かせるべきではなかったんじゃないのか？）

そう考えると国塚は、いてもたってもいられない不安な気持ちになって、今日の撮影《さつえい》の予定を中止してしまった。

それは、もしかすると静流が途中で思い直して、自分のもとへ戻ってきてくれるのではないかという甘い考えを捨てきれなかったせいもある。

結局、苛々《いらいら》と埒《らち》もないことをあれこれ考えたままで数時間をマンションのリビングで過ごした国塚だったが、貴子との待ち合わせの時間が迫っていることにようやく気づき、慌てて彼女に今夜の約束をキャンセルしてくれるよう電話を入れたのだった。

しかし、国塚のその突然のキャンセルの申し出に、貴子は『どうしましょう、困ったわねぇ』とその台詞《せりふ》どおりに困った様子で呟《つぶや》いたのだった。

「……すまん。埋《う》め合《あ》わせなら今度必ずするから、頼《たの》むよ……」

『うーん、じつは私一人だけなら問題ないんだけど、さっき三浦さんからあなたの連絡先を教えてくれって連絡があって、ついつい今夜会うことを口を滑らせちゃったのよ。

そうしたら、どうしてもあなたに会って話したいことがあるから、今夜自分も同席させてくれって頼まれちゃったの。食事代は、全部自分が出すから頼むって言われて、なんだか物凄《ものすご》く真剣な様子だったから、いいわよって言っちゃったの、ごめんなさい』

「三浦って、あの新聞社に勤務してる、あの柔道部の三浦のことか？　あいつが今頃、なんで俺に用があるんだ……。ついでに言うと、なんでおまえにあいつから連絡がくるんだ？」

学生時代の友人とは、今ではほとんど交流を断っている国塚が、最後に三浦に会ったのは確か、もう五年近く前になる。

その時も、たまたま仕事の関係で訪れた新聞社の廊下《ろうか》で、偶然顔を合わせて立ち話をしただけだった。

いちおう互いの連絡先の交換はしたものの、その後三浦から国塚のもとへ連絡があったことは一度もなく、元来薄情《はくじょう》な質《たち》の国塚から友人のもとへ連絡を入れたこともなかった。

『三浦さんとは、仕事の関係で何度か顔を合わせているのよ。彼、私があなたといまだに交友があること知らなかったらしいわね。とても驚いてたわ。

あなたのこと、薄情者だと怒ってたわよ。せっかく電話をしたのに、この電話は現在使われておりませんってメッセージが流れて愕然《がくぜん》としたって……。あいつ、俺に嘘《うそ》の電話番号教えやがったって言ってたけど、心当たりはあって？』

貴子の話を聞いていて、国塚は不意に「あっ」と思い出したことがあった。

すっかり忘れていたが、三浦と再会した当時、国塚はちょうど横浜《よこはま》から今住んでいるマンションに引っ越しをしたばかりだったはずである。

その頃、まだ携帯《けいたい》電話を持ち歩いていなかった国塚は、三浦に自宅の電話番号を教えたのだが、どうやら国塚は友人に引っ越しをする前の番号を教えてしまったらしかった。

『…… その様子じゃ、心当たりがあるみたいね。余計なお世話かもしれないけど、直接会って謝ったほうがいいんじゃなくって？　この年になって友人をなくすと、けっこう辛《つら》いものがあるわよ。それに、なんだか本当に大切な話があるみたいだったわ』

貴子の言葉に、国塚は眉《まゆ》を寄せながらも「そうだな、そうかもしれないな……」と呟《つぶや》くことしかできなかった。

『……ねぇ、もしかして、静流くんと何かあったの？　あなたの声にそんなに覇気《はき》がないなんて、私にはそれ以外の理由は考えられないんだけど？』

そんな国塚の様子を、さすがに怪訝《けげん》に感じたらしい貴子が、持ち前の女の勘《かん》とやらでズバリと切り込んでくるのに、国塚は情けなくも狼狽《ろうばい》を隠せなかった。

「……いや、それは……」

『ごまかさなくてもいいわよ。そうなのね？　もう、恋に狂った男って本当に馬鹿《ばか》なんだから。それならなおさら、気晴らしに出てきなさいな。慰めてあげるわよ。いいわね？』

強引《ごういん》な貴子に辟易《へきえき》しながらも、彼女に静流との諍《いさか》いがバレてしまったからには、どう考えても国塚のほうが分が悪かった。

（……気晴らしか。まぁ、それもいいかもな……）

そんなわけで、国塚は結局こうしてこの場にいるのだった。

「で、三浦、俺に大切な用事ってなんなんだ？」

「うわっ、それがしばらくぶりに会った友人に対して言う言葉かね。『久しぶり』とか『元気だったか』とか、あるだろほかにも言うことは」

身長のほうはさほど高くはないのだが、学生時代に柔道で国体に出た経験のある三浦はガッシリとしたいい体格をしている。

そのうえ顔じゅう髭《ひげ》だらけでむさくるしいことこのうえないのだが、大きな丸い目と同じく丸い鼻のせいで、まるでクマのぬいぐるみのような愛敬《あいきょう》があった。

そんな友人の、べつに国塚の不実を責めているわけでもないらしい軽口に、思わず毒気を抜かれて表情を和ませる。

「……そうだな、悪かった。元気そうで何よりだよ。言い訳するわけじゃないが、あの時、おまえに間違った電話番号を教えたのはわざとじゃないんだ。何度か連絡取ろうとしてくれたんだってな、すまなかった……」

いつになく殊勝《しゅしょう》な国塚の様子に、三浦と貴子が不思議そうな様子で顔を見合わせていたが、国塚は元気のない微笑を返しただけだった。

「いきなり下手《したで》に出られても、なんだかおまえらしくなくて気が抜けるなぁ。だいたいの事情は貴ちゃんから聞いたよ。おまえが昔から、女に優《やさ》しくて男に薄情《はくじょう》なことくらいは重々承知してるからな、べつに俺だって真剣に怒ってるわけじゃないさ。それより、とりあえずは久しぶりの再会を祝して乾杯《かんぱい》といこうぜ」

朗らかにそう言うと、三浦は国塚の肩を叩《たた》いて明るく笑った。

落ち込んでいた国塚の気持ちを吹き飛ばすような陽性の友人の笑顔《えがお》に、国塚もつられたように笑顔を返して「そうだな」と頷《うなず》いた。

いつの間にか国塚の分もテーブルに並べられていたビールのジョッキを手に取ると、三浦の音頭《おんど》で「乾杯！」と叫《さけ》び三人でジョッキを軽くぶつけ合った。

「うーん、やっぱり仕事の後の一杯はいいねぇ」

「相変わらず、オヤジくさいぞ三浦」

「ほっとけ」

国塚と三浦のやりとりを、クスクス笑いながら眺《なが》めている貴子に気づき、国塚は軽く眉《まゆ》を顰《ひそ》めると、「貴子も悪かったな」と謝った。

本来なら、彼女のジュエリー・デザイナーとしての快挙を、明るく祝ってやるつもりでいたのに、自身の勝手な都合で不快な思いをさせてしまったのではと、冷静に戻った今、国塚は彼らしくもなく反省していた。

「いいのよ、今度埋《う》め合《あ》わせしてくれるんでしょ？」

「ああ、必ず」

「だったら、許してあげるわ」

国塚と貴子の意味深長な会話に、三浦が拗《す》ねた表情で「俺を仲間はずれにするなよ」と抗議するのに、国塚は笑って「なんだ、妬《や》いてるのか」と友人の厚みのある背中を叩《たた》いた。

しかし、国塚は冗談《じょうだん》のつもりだったのに、イイ年した髭面《ひげづら》の男が素直《すなお》に顔を赤くするのを見て、「あらら……」と呟《つぶや》く。

「なんだ、おまえ貴子に惚《ほ》れてんのか？」

そういえば、三浦もまだ独身だったっけと内心で納得しながらも、国塚は少しばかり複雑な気持ちがした。

貴子とはとっくに男女の関係ではなくなっていたが、いちおうは過去に恋人関係にあったわけで、その彼女と学生時代の友人である三浦が……となると、やはり心中複雑な男心だった。

けれど、それなら貴子と三浦が連絡を取り合ってることにも納得することができる。

「うふふ、口説《くど》かれちゃってるのよ、私。どうしたらいいと思う?」

おそらくわざとなのだろう悩ましい眼差《まなざ》しで自分を見つめる貴子に、当て馬にされるのは勘弁《かんべん》してほしいと、国塚は苦く笑って肩を竦《すく》めた。

「今さら、俺に断る必要なんてないだろ。勝手にしてくれ。だけど、そうとわかってたら無理に来ることなかったな。やっぱり、約束をキャンセルしておけばよかった」

一時忘れていた静流のことが再び気になりだし、国塚は我知らず憂《うれ》えた表情になった。

「ま、待てよ、国塚。俺が、おまえに用事があったのは本当の話なんだ……。あんまり楽しい話じゃないから、もう少し酒が入ってから話そうと思ってたんだが……」

まだ少し顔を赤く染めたままで、三浦は慌《あわ》てたように国塚の肩を摑《つか》んだ。

どうやら彼の目には、今にも国塚が席を立って帰ってしまいそうに映ったらしかった。

「楽しくない話なのか?　ますます聞きたくないな」

「そう言ってくれるな。じつは仕事関係の話なんだが、おまえ、このあいだ殺人事件の第一発見者になってたろ？　あれに関する話なんだ」

国塚は、「ああ、あれね」と低く呟《つぶや》いた。

三浦が新聞記者であることを考えれば、例の事件で国塚が死体の第一発見者だったことを知っていてもおかしくない。

「事件の管轄《かんかつ》、新宿《しんじゅく》南署《みなみしょ》だったんだろ。影山には会ったのか？」

三浦と貴子が前もって注文していたらしく、次々と運ばれてくる料理やつまみでテーブルの上があっという間にいっぱいになるのを横目で眺《なが》めながら、国塚はつい先日警察署で顔を合わせたばかりの武骨《ぶこつ》な友人の顔を思い浮かべていた。

「会ったよ。俺が死体を発見して警察にそのことを通報した時、現場に駆けつけた刑事の中にあいつもいたからな。相変わらず仏頂面《ぶっちょうづら》で、真面目《まじめ》くさった奴《やつ》だったよ」

貴子が小皿に料理を取り分けてくれるのに、国塚は礼を言ってそれを受け取った。

あまり腹はへっていなかったが、とりあえずはその中のいくつかを箸《はし》で抓《つま》む。

「……そうか。俺もここ一年くらい顔を合わせてないんだが、現場に駆けつけた時のあいつは、どんな様子だった？　何か、動揺《どうよう》してたような感じは見られなかったか？」

妙なことを訊《き》くと思いながらも、国塚はその時のことを思い出しながら、特に影山に変わった様子が見られなかったことを三浦に告げた。

「なんせ、会ったのは十数年ぶりだったからなんとも言えんが、少なくとも俺には別段あいつの態度をおかしいとは感じられなかったけどな。影山が、どうかしたのか？」

三浦は、やや険しい表情になると、「じつはな……」と口を開いた。

「その迫田健二《さこたけんじ》が殺された事件なんだけど、なんだか裏があるらしいって妙な噂《うわさ》がネット上で流れてるんだ」

「ネットって、インターネットのことかよ。そんなところで、いったい何が流れてるっていうんだ？」

じつは、国塚はパソコン関係にはあまり詳しくなかった。

持ってると何かと便利だと周りには言われるのだが、いまいち気が進まなくて買う気がおきない。

静流も、あまりその手のものに興味《きょうみ》がないらしく、特に欲しいとも言わないので、国塚家には今時珍しくパソコンもワープロもなかった。

「犯罪マニアってのが集まる、犯罪サイトってのがネット上にはいくつかあって、その中のいくつかで流れてる情報なんだ。嘘《うそ》やデタラメも多いが、いったいどっからそんな情報を？ってなマジなもんも多い。中には、そっから特ダネ拾ってる同業者だっているから、馬鹿《ばか》にできない」

「おい、そんな説明はどうでもいいから、早く本題に移れ」

なかなか本題に入らない三浦に焦《じ》れて、国塚は形のいい眉《まゆ》を寄せると、そう友人に向かって先を促した。

「わかったよ、せっかちな奴《やつ》だな。話せばいいんだろ、話せばさ。そのサイトの噂《うわさ》じゃ、迫田健二を直接手にかけたのは××組の人間だけど、その××組に迫田が組を裏切っていると情報をリークした人間がいるってんだよ。それが、なんと警察関係の人間じゃないかって噂になってるんだ。警察の人間が、わざわざ××組に裏切り者を抹殺《まっさつ》させるために、迫田の情報を流したってな……」

三浦の話に、察しのいい国塚は剣呑《けんのん》に目を細めると、「まさか、それが影山だというんじゃないだろうな？」と友人の髭面《ひげづら》を睨《にら》みつけた。

「ああ、そのまさかだ」

思いのほかきっぱりとした口調で己の懸念《けねん》を肯定されて、国塚だけではなく貴子も驚いたように三浦の顔を凝視《ぎょうし》した。

「本当なの？　私は、学生の頃の影山さんしか知らないけど、そんなことをするような人にはとても思えないわ」

「俺もそう思う……。あいつに限って、そんなことあるわけないじゃないか。だいいち、なんでそんなことをする必要があるんだ。迫田が麻薬《まやく》売買に携《たずさ》わっていることがわかっていたなら、あいつの立場なら、逮捕すればそれですむことじゃないのか？　わざわざ、なんでそんな面倒なことをしなきゃならないんだ……」

貴子と国塚の反論を、三浦は己のあご髭《ひげ》を指でいじりながら聞いていたが、二人が口を閉じると一言、「恨《うら》んでたからだろう」と呟《つぶや》いた。

「恨んでた……？　もしかして、迫田のことをか？」

国塚の質問に頷《うなず》くと、三浦はどこか気の毒そうな表情でその根拠《こんきょ》を語りだした。

「国塚、おまえは影山の妻子が、今から四年前に交通事故で亡《な》くなってることを知っているか？」

それは初耳だったので、国塚は驚いたように目を瞠《みは》った。

そうして、事件現場で顔を合わせた時に、国塚に結婚はしているのか？　と尋《たず》ねてきた影山に、おまえはどうなんだと尋ね返すと、「……俺も、今は独《ひと》りだ」と答えていたことを思い出し、あれはそういった意味だったのかと納得した。

(今は、ってことは、結婚してたこともあるってことだったのか……)

「……いや、初めて知った」

国塚の答えに、三浦は「そうか」と頷くと続きを話しだした。

「影山の奥さんが運転してた軽自動車に、酔っ払い運転のRV車が正面から突っ込んできたんだ。奥さんも、助手席に乗っていた当時三歳の娘さんも即死だったそうだ。

なのに、当時大学生だったRV車の運転手のほうは、よっぽど悪運が強かったのか全治三週間程度の軽傷ですんだ。その大学生が、誰あろう迫田健二その人だったってわけだよ」

思いもよらなかった三浦の話に、国塚は啞然《あぜん》とした。

「そんな、本当の話なのか……？」

「ああ、これに関しては、ちゃんと裏もとれてる。本当の話だよ」

三浦の声をどこか遠くに聞きながら、国塚はあの現場での影山の姿を思い出していた。部下に被害者の身元を報告された時も、影山は特に驚いた様子も動揺《どうよう》した様子も見せなかった。

その時はなんの不審《ふしん》も感じなかったことが、今の三浦の話を聞いた後では逆に不自然なような気がしてくる。

まさか影山は事故だとはいえ、自分の妻子のことを殺した相手の名前と顔を忘れていたとでもいうのだろうか？

しかし、彼の職業柄《しょくぎょうがら》、そんなことはありえないような気がする。

もしかすると、一見冷静に振る舞っていたが、内心では激しい動揺《どうよう》を押し隠してでもいたのだろうか？

それともまさか、殺されている男が、最初から迫田だと知っていたから、驚く必要もなかったとでもいうのか……。

そんな国塚の葛藤《かっとう》を見透かしたわけではないだろうが、三浦はさらなる事実を国塚の前へと突きつけたのだった。

「あと、いろいろと調べているうちにわかったことなんだが、迫田が××組を裏切って麻薬《まやく》を流してた組織なんだが、ちょっと前から警察は潜入捜査《せんにゅうそうさ》をして内情を探《さぐ》ってたらしい。その陣頭指揮《じんとうしき》を取ってたのも、影山だったそうだ……。だとしたら、影山はもうずいぶんと以前から迫田の存在を知ってた可能性がある」

三浦の仮説が正しいのだとしたら、影山は死んだ妻子の敵《かたき》をとるために、自分の立場を最大限に利用し、なおかつ自分の手を直接汚すことなく迫田を殺したことになる。

(そうなのだとしたら、やはりその行為も『罪』と呼ばれるのだろうか……?)

国塚は顔を顰《しか》めると、すっかり冷めた小皿の中の料理を眺《なが》めながら、「三浦……」と低い声で友人の名を呼んだ。

「それで、おまえは俺にこんな話を聞かせてどうしろってんだ? 新聞記者の自分が直接影山に会いに行けば警戒されるから、俺がおまえの代わりにあいつに会って探りを入れろとでもいうのか? おまえの特ダネのために、俺に友人を裏切るような真似《まね》をやれってのか? ずいぶんと、虫のいい話だな……」

もし本当に、影山がそんな行動をしていたのだとしても、それは自分たちが裁く権利のある話ではない。

それが事実なのだとしたら、いつか法が影山を裁くことだろう。

「……国塚、俺はべつにおまえに影山を裏切れと言ってるわけじゃない。それとなく、話を仄《ほの》めかして反応を見てくれればいいんだ……」

三浦の言い訳を、国塚は不快げに鼻で笑い飛ばした。

己の仕事のためには、友人まで犠牲《ぎせい》にしようとする三浦に、先刻《さっき》は少しでも己の不義理を申し訳なく思ったことを国塚はすぐにでも撤回《てっかい》したい気持ちだった。

「同じことだ。結局は、おまえは自分の利益のことしか考えてない。影山の辛《つら》い立場をわかってない。もし、自分が影山と同じ立場ならとは考えないのか？　そんな犯罪サイトだかなんだか知らないが、噂《うわさ》に躍らされて、友人に疑われてると知ったら、あいつがどんなにショックを受けるか考えてもみろよ」

推測《すいそく》は、あくまでも推測の域を出ない。

本当に影山が、××組に迫田の情報をリークしたかどうかなど、その場にでもいない限り、わかる話ではなかった。

「だが、もし本当なら、それはやはり『罪』じゃないのか？　俺たち新聞記者は、そんな『罪』を暴くことが仕事だ」

「だけど、『罪』を暴くことはできても、『罪』を裁く権利はおまえにも俺にもない」

それは、警察や裁判所の仕事だ。

国塚は、三浦の顔を冷たく一瞥《いっべつ》すると、「帰る」と一言だけ言い残して席を立った。

「待てよ、国塚！」

慌《あわ》てたように自分を引き止めようとする三浦を無視すると、国塚は男二人の会話をいささか呆《あき》れたような様子で聞いていた貴子を振り返って口を開いた。

「貴子、そいつはやめとけ。自分の利益のために友人を売るような男なんて、おまえとつき合う資格なんてないからな」

「わかったわ。忠告ありがとう」

「た、貴ちゃん……！」

ニッコリと艶《あで》やかな微笑で答える貴子に、三浦が焦《あせ》った表情で言い訳する光景を背中にして、結局国塚は気晴らしどころか、さらに憂鬱《ゆううつ》な気持ちになりながら帰路へとついたのだった。

それから二日ほど、国塚は最悪な気分でカメラを片手に都内を歩き回った。

静流はいっこうに帰ってくる気配を見せないし、携帯《けいたい》に電話を入れても出る気配がない。

こんなことは、静流と一緒《いっしょ》に暮らすようになって初めてのことだった。

それなりに他愛《たわい》のない喧嘩《けんか》は何度もしているが、しょせんは痴話《ちわ》喧嘩の域を出たことはなく、今までなら長くても喧嘩の翌日には仲直りをしていた。

それどころか、静流はこの半月というもの、外泊をしたことさえも一度もなかったのである。

そう考えれば、今日で三日も家を空《あ》けているこの状況は、国塚にしてみればかなり切実な状態だった。

静流が本気で自分を嫌いになったというなら、まだ国塚も諦《あきら》めがつく。

しかし、別れ際の静流の言動を考えてみると、べつにそういうわけでもなさそうだったので、どうにもこのままでは蛇《へび》の生殺しのようで収まりが悪かった。

（いったい、どこで何をしているのやら……）

写真集の本格的な撮影《さつえい》作業に入るまでには、まだ少し期間があったが、こんな落ち着かない心理状態が続けば、いずれ仕事に影響が出るのも目に見えている。

（駄目《だめ》だ、やっぱり気分がのらない）

結局、国塚はその日も早々に撮影場所のリサーチを終えると、待つ人のいないマンションへと独《ひと》り寂《さび》しく戻ったのだった。

しかし、その日はマンションの前で、思いがけない相手が国塚の帰りを待っていて、彼を驚かせた。

「思ってたより早かったな、もう少し待たされることを覚悟してたのに」

この日は、車ではなく歩きで出ていた国塚は、マンションの前に停《と》まっていた白い車から自分を待ち伏せたように（実際、待ち伏せていたのだろうが）降りた男の顔を見て、大きく目を見開きながら足を止めた。

「……影山、おまえ」

三浦から話を聞いて以来、静流とは別の意味でずっと気になっていた当人の出現に、国塚は内心で動揺《どうよう》しながらも、顔には屈託《くったく》のない笑顔《えがお》を浮かべて「入ってくか？」とマンションを指差した。

「……邪魔《じゃま》させてもらう」

相変わらず仏頂面《ぶっちょうづら》の友人に苦笑を浮かべながら頷《うなず》いた国塚だったが、車のほうに視線を流すと「一人なのか？」と尋《たず》ねた。

「ああ。ここは駐禁じゃないはずだから、少しのあいだなら停《と》めておいても平気だろ」

確かにそのとおりだったので、国塚はそれに関してはそれ以上何も言わなかった。かわりに友人を促すように歩きだすと、マンションの入り口のコントロールパネルを操作してオートロックを外す。

「……いいマンションに住んでるんだな」

「そうでもないさ」

いちおうは気を遣《つか》っているらしい友人に肩を竦《すく》めて答えると、エントランスの正面にあるエレベーターへのり込んだ。

なんとなく気まずくて、世間話をするきっかけも摑《つか》めずに、三階につくまでそのまま二人で狭い箱の中で黙り込んでいた。

まだ早い時間帯や影山の様子から見て、彼が友人のもとへただ遊びに訪れたわけではないことだけは確かである。

こうして黙って影山の顔を見ていると、先日の三浦の話が脳裏《のうり》によみがえり、国塚は息苦しいような嫌《いや》な気分を覚えた。

(これじゃあまるで、俺まで影山を疑ってるみたいじゃないか……)

エレベーターを降り、それほど広くない廊下《ろうか》を歩いているあいだも、二人はやはり無言のままだった。

チラリと自分の少し後ろを歩いている影山の様子を窺《うかが》えば、友人は何やら考え込んでいるような妙に虚《うつ》ろな表情をしていた。

(なんだ、何かあったのか?)

そんなことを考えながらも、自分の部屋の前についたので、国塚は上着のポケットから鍵《かぎ》を取り出してドアを開けた。

「たいしたもてなしはできないけど、入ってくれよ」

無人の部屋の中には、静流が戻った気配はまったくない。

やはり今日も戻ってくる気はないのかと、我知らず溜《た》め息《いき》をつきながら国塚はリビングへ入った。

おとなしく後ろをついてきた影山に、適当に座《すわ》るように言って、自分はコーヒーでも淹《い》れるかとキッチンへ向かった国塚だったが、途中で「勤務中だから、かまわんでくれ」と影山に声をかけられて足を止めた。

「なんだ、勤務中でもコーヒーくらいは飲んでもいいだろう？」

「……いや、そんなことよりも話がある」

疲れて脱力したようにソファーに腰をかける友人の顔を見下ろしながら、国塚はまたもや嫌《いや》な予感がして精悍《せいかん》な顔を引き締めていた。

このところ、学生時代の友人に会うたびろくな目にあってないような気がすると、ややうんざりした表情で影山の向かいのソファーへと腰かける。

「ところで、静流くんはちゃんと大学に行ってるのか？」

しかし、国塚がソファーに腰かけたと同時に影山が発した質問の内容は、国塚がまったく想像していなかったものだった。

「……行ってると思うが……」

今日で、もう三日も顔を見ていない。

どこで何をしているのかも、じつはさっぱりわからない。

そこまで考えた時点で、目の前の友人の職業を思い出し、国塚は心底ゾッとした気分になったのだった。

「まさか、静流に何かあったのか⁉」

思わず立ち上がって、真向かいに座《すわ》っている影山の胸ぐらを摑《つか》むと、友人は息苦しそうに顔を顰《しか》めて国塚の手をやんわりと払った。

「……心配するな、今のところは無事だ。だが、この先も無事かは今のままでは俺にも保証できない。だから、わざわざここへ来たんだ」

「どういうことだ……？」

再びソファーへ腰かけた国塚に、影山はスーツの懐《ふところ》から何枚かの写真を取り出すと、国塚へ差し出してよこした。

「場所は、渋谷《しぶや》にある『ミラー・ハウス』って名前のライブハウスだ。死んだ迫田が、麻《ま》薬《やく》取引の場所として使用していた店で、今でも組織の売人が何人か出入りしている。

取引の現場を押さえるために、うちの人間がずっとマークしていたんだが、その写真はここ二日ほどのあいだに店に出入りした人間の写真の中から、俺が見つけだしたものだ」

遠方からの隠《かく》し撮《ど》りらしいその写真には、友人らしき青年と一緒《いっしょ》にサングラスをかけた静流の姿が写っていた。

「……静流、まさかなんで……？」

「その店は表向きはライブハウスだから、普通の人間もたくさん出入りしてる。だから、偶然その店に顔を出したとしてもなんの不思議もない。だが、静流くんが最初にその店の前に現れた時間帯は、まだ店が開店する前の時間だった。

張っていた部下の話では、一日目はどうやら店の周辺の様子をしばらく窺《うかが》った後、一緒《いっしょ》にいた友人と連れだって帰っていったという話だった。そしてその翌日は、店から少し離れた場所で、店に出入りする人間を何やらチェックしてたらしい……。

本人は極力目立たないように振る舞っていたらしいが、何せあの上背であの美貌《びぼう》だ。どうしたって人目につく。いったいどういう理由かは知らないが、遊び半分の探偵《たんてい》ゴッコをすぐにやめるようにとおまえから言ってくれないか。

組織のことは、警察だけではなく××組の連中も嗅《か》ぎ回《まわ》ってる。下手に彼や彼の友人が組織や××組の奴等《やつら》と揉《も》めるようなことがあれば、こっちも仕事の妨げになる。それに、おまえだって心配だろう？」

影山の言葉には、国塚は「ああ、そのとおりだな……」と蒼白《そうはく》な顔で答えるのが精いっぱいだった。

あの時、静流が何やら用事があるようなことを口走っていたが、それはこのことだったのかと、国塚は頭を抱《かか》え込《こ》みたいような衝動にかられた。

（いったい、どんな厄介《やっかい》ごとに首を突っ込んでるんだ……！）

「わざわざすまなかった、早急にそのライブハウスとやらに、連れ戻しに行ってくるよ」

今にも立ち上がって、その場に向かいそうな勢いの国塚に、しかし影山はやや困ったような表情で「それは、拙《まず》い」と呟《つぶや》いた。

「拙いって、何がだ？」

「迫田が殺されて以来、組織の警戒も厳しくなっている。店の周囲であまり目立つことはしてほしくないんだ。できれば、携帯《けいたい》か何かで連絡して、穏便《おんびん》にその場から引き上げるように言ってほしい。もし携帯が繋《つな》がらないのなら、今夜彼が帰ってきた時でいいから、せめて明日からは『ミラー・ハウス』の周囲をうろつかないように国塚から注意してやってくれないか」

国塚は咄嗟《とっさ》に、静流と喧嘩《けんか》して、ここ数日彼がマンションに帰ってきてないことを影山に告げようとしたが、結局はプライドが邪魔《じゃま》してその事実を友人に告げることができなかった。

「……わかった。厳しく言っておくよ。わざわざ手間をかけさせて、すまなかったな」

苦い気持ちで、それでも平静を装ってそう請《う》け負《お》うと、影山は見るからにホッとした様子で「頼《たの》む」と頷《うなず》いた。

「俺の用事はそれだけだ。邪魔したな、国塚」

そのまま素っ気なく立ち上がり帰ろうとする影山の姿に、国塚は反射的に彼の名前を呼んで引き止めていた。

「影山、じつは俺もおまえに訊《き》きたいことがあったんだが……」

三浦から聞かされた話が、脳裏《のうり》によみがえる。

「ん、なんだ?」

国塚の態度を特に不審《ふしん》に思った様子もなく、影山は平素の様子でソファーに腰かけた国塚のことを見下ろした。

「……おまえ、四年前に交通事故で奥さんと子供を亡《な》くしたって本当なのか?」

自分でもデリカシーのない質問の仕方だとは思ったが、それ以外に訊きようもなくて、国塚は友人の顔色を窺《うかが》うような眼差《まなざ》しでそう尋《たず》ねた。

「ああ……。誰から聞いたのか知らんが、そのとおりだ。それ以来、ずっと独《ひと》り身《み》を通してる。おそらく、これからも再婚することはないだろうな……」

ふっと一瞬《いっしゅん》、死んだ妻子のことでも思い出したのか影山は遠い目をした。

しかし、口調はあくまでも冷静で、目の前の友人が何かを隠しているようには国塚には見えなかった。

(影山のような男が、たとえ死んだ妻子の復讐《ふくしゅう》のためだとはいえ、間接的にでも誰かを殺《あや》めようとするとは俺には考えられない)

「……それじゃあ、おまえの奥さんと子供の乗っていた軽自動車に突っ込んだ、RV車の運転手が、このあいだ俺が死体の第一発見者になった迫田健二だったってのも、本当の話なのか？」

さすがの影山も、国塚のこの台詞《せりふ》には動揺《どうよう》を隠しきれなかったようだった。

一重《ひとえ》の切れ長の目を大きく見開き、国塚に向かって「どうして知ってる……？」と掠《かす》れた声で尋《たず》ねる。

「……てことは、本当なんだな」

とりあえず、三浦は嘘《うそ》は言ってなかったらしい。

「誰から聞いた？」

影山は、どうにか平静を取《と》り繕《つくろ》おうとしていたが、国塚を問いつめる声は震えていた。

やはり、彼にとってその事実は、鬼門《きもん》だったらしかった。

「三浦から聞いた。たまたま先日一緒《いっしょ》に飲む機会があって、その時にな……。あいつの職《しょく》業柄《ぎょうがら》、そういう情報が耳に入るのが早いんだろう」

「……三浦？　そうか、なるほどな……」

影山は、三浦の名前を聞いた瞬間《しゅんかん》、納得したように苦い笑《え》みを浮かべた。

「それで、あいつにほかにはなんて吹き込まれたんだ？　死んだ妻子の復讐《ふくしゅう》のために、俺が迫田を××組から殺されるよう裏工作でもしたと聞いたか？」

三浦の推測《すいそく》を的確に指摘する影山に、国塚は正直に「ああ」と頷《うなず》いて、影山の問いを肯定した。

「そんなようなことを言ってたよ」

「ふん、それで？　おまえもそれを信じて、俺のことを疑ってるのか？」

国塚は、自嘲《じちょう》ぎみな影山のその質問には、はっきりと首を振って否定の意を伝えた。

「いや、おまえはそんなことのできる男じゃないよ。俺が知ってる影山充《みつる》は、絶対にそんな男じゃないって信じてる」

フッと笑顔《えがお》を浮かべた国塚に、影山は一瞬《いっしゅん》、ひどく複雑な表情を浮かべた。

国塚の信頼《しんらい》を嬉《うれ》しいと感じているはずなのに、それを素直《すなお》に喜ぶことのできない不器用な切なさ、そして何かわからない悲しさのようなものがない交ぜになったような、そんな複雑な表情だった。

「……国塚、人間は変わるぞ。俺だって、おまえの知る学生時代の俺とはきっと違ってるさ。迫田が俺の妻子を、事故だとはいえ殺したのは事実だ。俺が、あいつのことを恨《うら》んでなかったと言えば嘘《うそ》になる。けれど、俺にはたぶん、迫田を恨む権利なんてとっくになくなってるんだろうがな……」

暗い自嘲の笑みを口元に浮かべる影山に、国塚は静かな声で「でも、おまえはやってないんだろう？」と尋《たず》ねた。

影山は、やってない……。

なんの根拠《こんきょ》もなかったが、国塚は今こうして影山本人を目の前にして、その思いを確固とした確信へと変えていた。

「ああ、俺はやってない」

今度は、きっぱりとした口調でそう言い切った影山に、国塚は心持ち肩の力を抜くとホッとしたようにソファーへ身体《からだ》を沈めた。

「……おまえの口からそれを聞いて安心したよ。悪かったな、気分の悪くなるようなことを訊《き》いて。それから、ありがとうな。静流のことをわざわざ知らせにきてくれてさ。感謝してるよ。今度は、こんな殺伐《さつばつ》とした話をするためじゃなく、普通に酒でも手土産《てみやげ》にして遊びにこいよ。約束だぞ」

微笑《ほほえ》みながら国塚が礼を言うと、影山もようやく表情を和ませて「そうだな、そうさせてもらうよ」と頷《うなず》いた。

そしてそのままリビングから出ていこうとした影山だったが、ドアを開けたところで一度国塚のことを振り返った。

「……国塚、一つ俺も訊いていいか？」

「ああ、なんだ？」

影山を玄関まで見送ろうとソファーから立ち上がっていた国塚は、急に影山が自分を振り返ったので、少し驚きながらも質問の先を促した。

「おまえは、昔から女に不自由してなかっただろ。なのになんで、そんなわざわざリスクを背負うような恋愛を選んだんだ？」

やはりノーマルな男には、同性同士の恋愛感情を理解するのは難しいことらしい。

そしてその影山の素朴《そぼく》な疑問は、そのまま静流と出会う前の国塚の疑問とまったく同じものだった。

「んーっ、だから、あれは『特例』だって言ったろ。俺も静流と会うまでは、男同士なんて、と思ってたから、おまえの気持ちもよくわかるよ。でもさ、この年になってわかったことなんだけど、やっぱ恋愛は理屈《りくつ》じゃないんだよなぁ。今じゃ、これまでにつき合ったどんな女よりも、俺あいつにメロメロだもん。ちょっと凶暴なとこまで、可愛《かわい》くて仕方ないくらいだからな」

臆面《おくめん》もなくそんなことを言ってニヤニヤと笑う国塚に、影山は一瞬《いっしゅん》呆《あき》れたような顔つきになったが、すぐに再会してから初めて見るような明るい顔で笑いだした。

「すごいな、国塚。俺は、おまえのその潔《いさぎよ》さと臆面のなさを尊敬するよ」

「……そんなにゲラゲラ笑いながら褒《ほ》められても、素直《すなお》に喜ぶ気になれないぞ」

拗《す》ねたように唇《くちびる》を尖《とが》らせた国塚に、影山はようやく笑いをおさめると、穏やかな声音で
「いや、本当に……」と呟《つぶや》いた。

「俺は、おまえが羨《うらや》ましいよ」

影山の表情も口調も、それまでにないくらい明るいものだったが、何故《なぜ》か瞳《ひとみ》の中に一瞬切なげな色が見え隠れしたような気がして、国塚は怪訝《けげん》そうに友人の名を呼んだ。

「影山？」

「……じゃあな、国塚。静流くんのこと、あまり泣かすんじゃないぞ」

それに関しては心当たりのたくさんありすぎる国塚が、「うっ」と言葉に詰まるのに笑いながら、影山はリビングから出ていった。

すっかり見送る気の失《う》せた国塚は、背後で玄関のドアが静かに閉まる音を聞きながら、ソファーへと思いきり倒れ込んだ。

「なーんてな、まさか現在喧嘩《けんか》中《ちゅう》で、マンション出ていっちゃってて連絡つきませんとは言えないよ……。格好《かっこう》悪すぎてさ……」

携帯《けいたい》は繋《つな》がらないし、静流と親しい大学の友人も知らない。

こんなことなら、もう少しうるさく大学での友人関係のことを訊《き》いておけばよかったと後悔したが、当然後の祭りだった。

影山から教えてもらった、例のライブハウスの前で張っていれば、もしかすると静流と会える可能性もあったが、現状では国塚の説得に静流がおとなしく従う可能性は低かった。

（影山から、揉《も》めごとや目立つ行動は控《ひか》えてくれって言われてるしな。どうすりゃあいいんだよ……）

だが、影山の話が本当なら、静流をそのままにしておくわけにには絶対にいかなかった。

表向きは、東京の大学に通う静流を、彼の母親の親しい友人であった自分が真田《さなだ》の家から預かっているかたちなのである。

もしも、静流に万が一のことがあれば、静流の実質的な保護者である彼の伯父《おじ》夫婦や祖母に、国塚は一生顔向けができなかった。

それでなくても、もともと顔向けなどできない立場なわけだし、静流に何かあった場合は、何よりも国塚自身の精神が危うかった。

「……くそっ、焦《あせ》るばっかでいい考えなんて一つも浮かびやしねぇ」

このままここでグズグズしていても埒《らち》があかないと、とりあえずは何か行動を起こそうとソファーから起き上がった国塚だったが、タイミングよくインターホンの音が鳴ったので、眉《まゆ》を寄せながらも玄関へと向かった。

マンションの入り口からのものではなく、部屋の前で直《じか》に鳴らしてるインターホンの音だったので、てっきり影山が何か忘れ物でもして途中で戻ってきたのだと国塚は思っていたのだった。

「なんだ、忘れ物でもしたのか？」

そのまま確認もしないでドアを開けた国塚に、来訪者は男にしてはずいぶんと綺麗《きれい》にた。


　整った顔に不思議《ふしぎ》そうな表情を浮かべて、「忘れ物？」と首を傾《かし》げた。

　影山の仏頂面《ぶっちょうづら》とは似ても似つかない目の前の相手に、国塚は一瞬《いっしゅん》惚《ほう》けた表情になった。

「あれ、丹野《たんの》……？」

「僕をいったい誰と間違えたのかは知らないけど、いきなり相手も確認しないでドアを開けるなんて不用心だよ」

　子供を咎《とが》めるような口調でそう言うと、物心ついた頃からの幼《おさな》なじみである美しい友人は、玄関前に立ちふさがる国塚の大柄《おおがら》な身体《からだ》を邪魔《じゃま》くさそうに押《お》し退《の》けて勝手に部屋の中へと入ってきた。

　そういえば、丹野にはマンションのセキュリティパネルの暗証番号を教えてあったことを国塚は思い出す。

「……おまえ、何しに来たんだ？」

「相変わらず失礼な男だね。せっかく忙しい仕事の合間を見つけてわざわざ遊びに来てやった友人に向かって、その態度はなんなんだい？」

　クールでハンサムな都会派二枚目俳優を生業《なりわい》にしている丹野は、確かに彼自身が今言ったとおり多忙な人間であった。

　確か、この前に会ったのは、もう二か月近く前のはずである。

しかし、だからといって、国塚はべつに会いに来てほしいなどと一言も友人に向かって言った覚えはなかった。

「俺、おまえに会いに来てくれなんて言った覚えねぇぞ」

「文句言ってる暇《ひま》あったら、お茶くらい出したらどう?」

睫毛《まつげ》の長い切れ長の目にギロリと睨《にら》まれて、国塚は諦《あきら》めたように溜《た》め息《いき》をついた。

「わかったよ。おまえ、コーヒーより紅茶のほうが好きだったよな? 貰《もら》いもんのアールグレーしかないけど、それでよかったか?」

いろいろとこれまでのいきさつで引け目があるせいもあったが、国塚は再会してからというもの、どうも丹野に頭が上がらなかった。

ブツブツ言いながらもキッチンへ向かう国塚に、丹野はふと表情を和ませると、優《やさ》しく国塚の腕を取って引き止めた。

「ん?」

「これ、フランス土産《みやげ》のワインなんだ。よかったら、静流くんと一緒《いっしょ》に飲んでよ」

差し出された細長い包みを反射的に受け取りながら、そういえば以前会った時に、映画のロケだかなんだかで当分ヨーロッパのほうに行ってくると丹野が言ってたことを国塚は思い出した。

「……サンキュー。そういえば、海外ロケ出てたんだもんな。いつ帰ってきたんだ?」

目を細めて国塚が問うと、丹野は何故《なぜ》か少しだけ当惑《とうわく》した表情になりながら「一昨日《おととい》かな」と答えた。

「そうか。本当に忙しそうだな、おまえ……。身体《からだ》のほうは大丈夫なのか？　もういい加減あんまり無理のきかない年なんだから、ほどほどにしとけよ」

それはお互い様だろうと憮然《ぶぜん》とする丹野に笑いながら、国塚は土産《みやげ》のワインをとりあえずはいったん冷蔵庫にしまった後、丹野のために紅茶を淹《い》れる用意を始めた。

そんな国塚の姿を、丹野はリビングに戻ることなく、キッチンの入り口に寄りかかるようにしてしばらくのあいだ眺《なが》めていたが、不意に形のいい眉《まゆ》を寄せると「国塚？」と問いかけるようにして国塚の名を呼んだ。

「おまえ、何かあったのか？」

聡《さと》い友人の一言に、国塚は思わず苦笑を浮かべた。

影山の前では邪魔《じゃま》したプライドも、自分の醜《みにく》い部分も愚《おろ》かな部分も、おそらくは恋人である静流以上に知っているだろう丹野の前では役に立たない。

それがわかっているから、国塚も今度は正直に今の自分が置かれている状態を丹野に告げたのだった。

「静流が出ていった」

「……え？」

国塚と静流の馴《な》れ初《そ》めを、すべて知っている唯一の人間でもある丹野は、秀麗《しゅうれい》な顔に呆然《ぼうぜん》とした表情を浮かべた。

「俺との関係をしばらく一人で冷静に考えたいと言って出ていったきり、今日で三日帰ってきてない」

「そんな、嘘《うそ》だろ？」

信じられないと首を振る友人に、自嘲《じちょう》しながら本当のことだと国塚は告げた。

「俺は、あいつがもう一度俺のもとへ帰ってきてくれることを信じてはいるけどな。でも、もし静流が俺から離れる道を選んだとしたら、それはそれで仕方のないことなのかもしれない……。しょせん、男同士なんて不毛な関係だからな」

わざと自虐《じぎゃくてき》的にそんな台詞《せりふ》を言って笑った国塚に、丹野は怒ったような険しい表情になると、「心にもないことを言うな！」と怒《ど》鳴《な》った。

昔から、滅多《めった》に声を荒らげることのない友人の剣幕《けんまく》に、国塚は意表をつかれて紅茶を淹《い》れる手を止めた。

「丹野……？」

「不毛なことなんて、最初からわかっていたじゃないか。それでも欲しくてようやく手に入れたものを、おまえはそんなに簡単に手放すことができるのか？

だいたい、静流くんが出ていった本当の理由は、静流くんのためだなんて言いながら、あの子の本気が怖《こわ》くて、わざと深入りしないように一歩引いた態度を取ってたおまえに、とうとう彼の堪忍袋《かんにんぶくろ》の緒が切れたからなんだろう？　違うか？」

まさに図星である。

丹野の厳しい表情は、国塚に言い訳一つ許してくれそうにはない。

「……ああ、そのとおりさ。全部俺が悪いんだ。俺が腑甲斐無《ふがいな》いから、静流を不安にさせてるんだ。悪いのは、俺だ……。そんなこと、自分が一番よく知ってる！」

ダン！　と思いきり拳《こぶし》でキッチンの壁を殴《なぐ》りつけた国塚に、驚いた丹野が慌《あわ》てたように駆け寄ろうとした。

それに「近づくな！」と鋭く怒鳴《どな》ると、丹野はビクリと身体《からだ》を震わせた。

先刻《さっき》の厳しい表情が嘘《うそ》のように、今はどこか怯《おび》えたような頼《たよ》りない表情で国塚のことを見ている。

少し冷静になった頭で考えてみれば、丹野もそうだが、自分もそれほど激昂《げきこう》するようなタイプではなかったことに気づき、国塚は苦い表情になった。

「……すまない。俺は今、普通の状態じゃないんだ。いろいろなことが重なって、苛々《いらいら》してる……。今さら、おまえの前で取り繕《とつくろ》う気もないが、頼《たの》むから今日は帰ってくれないか」

握り締めた拳には血が滲《にじ》んでいた。

壁を殴《なぐ》った時に傷つけたのだろう……。

「こんな状態のおまえを、僕に置いて帰れと言うのか？」

いつの間にそばに来たのか、血の滲《にじ》んだ国塚の拳《こぶし》を清潔な白いハンカチで包み込むようにしながら、丹野はまるで傷ついたのが自分でもあるかのように、辛《つら》そうな表情で長い睫毛《まつげ》を伏せた。

国塚は一瞬《いっしゅん》、そんな丹野の手を振り払おうとしたが、結局は途中で思い直してそのまま丹野の好きなようにさせていた。

丹野の顔を、こんなに近くで見るのはずいぶんと久しぶりのことだった。

無邪気《むじゃき》な子供の頃は、なんの気負《きお》いもなくよく二人でじゃれ合っていたものだが、年を重ねるにつれ、国塚は極力丹野に触れないように気をつけていたような気がする。

もう一人の幼《おさな》なじみであった、静流の母親の泉《いずみ》に対するのとはまた別の意味で、国塚は男にしては綺麗《きれい》すぎる友人のことを意識していたのかもしれなかった。

国塚は自分よりも頭半分ほど下にある丹野の顔を、ぼんやりと見下ろした。

相変わらず、高級そうなスーツ（おそらくアルマーニだろう）で、その均整の取れたスラリとした肢体《したい》を包み込んでいる丹野は、国塚同様に実年齢よりもはるかに若く見える。

持って生まれた色素の薄い柔らかな髪の毛は、彼の澄《す》んだ瞳《ひとみ》の色と同じ色をしていた。

今さら改めて言うまでもなく、丹野 兵吾《ひょうご》は美しい男だった。

若干《じゃっかん》癪《しゃく》に障《さわ》る話ではあったが、静流以外の同性を見て、国塚が美しいと心の底から感じた相手は、今目の前にいるこの男だけである。

「国塚、落ち着いたんなら、向こうでちゃんと手当てをしよう。な？」

ハンカチで国塚の拳《こぶし》の傷を押さえながら、宥《なだ》めるような声音でそんなことを言う。

国塚は、それには直接答えずに無事なほうの手を伸ばすと、すぐ目前で揺れている丹野のサラリとした前髪にソッと触れた。

キリキリと、頭の奥で記憶《きおく》の歯車が軋《きし》む音がする。

それは、長年記憶の奥底に沈めていた封印が解ける音でもあった。

おそらくまったくの予想外だったのだろう国塚の行動に、丹野は驚いたように目を見開きながら顔を上げた。

「……国塚？」

その視線を正面から受け止めると、「こんなふうにおまえに触れるのは、いったい何年ぶりだろうな？」と言って国塚は小さく笑った。

「……もう、二十年以上も昔の話だけど、俺は今になって思い出したことがあるんだ……。ずっと、今の今まで封印していた記憶だけど、そう、確か俺たちが中学に上がる直前くらいのことだったかな……。俺は一度だけ、眠ってるおまえにこうして……」

国塚は、低い声でゆっくりとそう囁《ささや》きながら、丹野の唇《くちびる》に軽く触れるだけのキスを落とした。

そして台詞《せりふ》の続きを、驚愕《きょうがく》で目を大きく瞠《みは》っている丹野の耳元で呟《つぶや》く。

「……触れたことがある」

「国塚、冗談《じょうだん》にしては質《たち》が悪すぎる……！」

傷ついた瞳《ひとみ》で自分を突き飛ばす丹野から、国塚は素直《すなお》に身を離すと苦く笑いながら首を左右に振った。

「冗談なんかじゃないさ。いや、むしろそのほうがまだ救われたかもしれないな。中学に入った頃から、俺はおまえと少しずつ距離を取るようになった。おまえだって、それは覚えてるだろ？

あの頃は、まったくそんな自覚なんてなかったが、今ならわかる。よーするに、そーいうことだったんだよ。あの時、俺はおまえから逃げた。おまえに対する、自分の気持ちから逃げたんだな。そして、今度は静流を相手に、また同じことを繰り返そうとしてたってわけだ。馬鹿《ばか》な男だな、俺って奴《やつ》は……」

自嘲《じちょう》、することしかできない。

今まで本気で誰かを愛したことがないから、本気で誰かから愛されることにも臆病《おくびょう》になっていたのだと今さら気づいたところで、肝心《かんじん》の相手がそばにいなければ話にもならないではないか。

そればかりか、国塚は再び丹野のことを傷つけるような行動と告白をしてしまったのである。

いい加減、丹野も今回ばかりはこんな自分に愛想《あいそ》もつきたことだろう。

「おまえにとっては、今さら迷惑《めいわく》な話だったな。気分が悪くなったろ？　今度こそ、俺のことなんか見捨ててくれていいぞ」

だから、そんなふうにわざと自虐的《じぎゃくてき》に吐き捨てると、国塚は丹野から視線を逸《そ》らしてリビングへと向かったのだった。

(なんだか、頭がガンガンする……)

考えてみれば、静流がいなくなってからの三日間、ろくに食事もとっていなければ、睡眠もとっていなかった。

ここに来てそれまで蓄積していた疲労が、ドッといっぺんに自分の上に伸《の》しかかってきたような、そんな気が国塚にはした。

(畜生《ちくしょう》、昔なら三日くらい寝なくても全然平気だったのにな)

そのまま倒れ込むようにしてソファーに横たわって瞼《まぶた》を閉じた国塚だったが、額に労《いさわ》るような優《やさ》しい手の感触を感じてうっすらと目を開いた。

「帰れよ、馬鹿《ばか》。今さらおまえに優しくしてもらえるような資格なんて、俺にはないんだから。それとも、慰めてくれるとでもいうのか？」

間近で国塚の顔を覗《のぞ》き込《こ》んでいた丹野の表情は、もうすでにいつものどこか取《と》り澄《す》ました見慣れた彼のもので、特に国塚のことを怒っている様子は見受けられなかった。

「……少し熱がある。静流くんが心配で、イイ年して無茶したんだろ？」

国塚の言葉には直接答えずに、丹野は呆《あき》れたような顔をしながらも、長い指先で国塚の前髪を優《やさ》しくかき上げた。

「おまえ、いい加減にしないと、本気で押し倒すぞ……」

脅《おど》すつもりの一言を、「いいよ、べつに」とあっさりと切り返されて、国塚は信じられないものを見るような目つきで、目の前の綺麗《きれい》な友人の顔を凝視《ぎょうし》した。

「今まで黙ってたけど、僕の現在の恋人は男なんだよ国塚」

国塚が横たわっているソファーの傍《かたわ》らに、高価なスーツが皺《しわ》になるのも厭《いと》わずに膝《ひざ》をついていた丹野は、ニッコリと微笑《ほほえ》みながらその事実を国塚へと告白した。

「な、なんだって！　相手は誰なんだ……⁉」

思わずソファーから半身を起こした国塚に、丹野は少しだけ躊躇《ためら》う素振りを見せたが、結局はここまで言ったなら後は同じかと覚悟を決めたらしく、己の現在の恋人の名前を口にした。

「おまえも会ったことがあると思うけど、俳優の間宮武士《まみやたけし》。そろそろ、つき合って一年が経《た》つかなぁ」

相手の名前を聞いた途端、国塚は愕然《がくぜん》とした表情で丹野のことを見下ろした。

「……丹野、まさかおまえ、俺のこと……」

「絶対に言うと思った。だから、おまえに話すのは嫌《いや》だったんだ」

国塚の言葉を途中で遮《さえぎ》ると、丹野は形のいい眉《まゆ》を寄せながら溜《た》め息《いき》をついた。

国塚と間宮は、年齢こそ間宮のほうが八つほど若かったが、背格好《せかっこう》も顔立ちもまるで血の繋《つな》がりがあるかのようにとてもよく似ている。

長年丹野に憧《あこが》れ続けて、自分が俳優になったのも丹野との出会いがきっかけであったと言う間宮の一途《いちず》な思いを、丹野も最初は彼の容姿があまりにも友人に似ていることに抵抗があって、素直《すなお》に受け入れることができなかった。

しかし、間宮と親しくなるにつれて、国塚とは違う間宮の不器用な優《やさ》しさに丹野も徐々に心を許すようになっていった。

一時は、先ほどの国塚の台詞《せりふ》ではなかったが、男同士の不毛な恋愛を憂《うれ》えて、まだ年若い間宮のために身を引こうとした丹野だったが、結局は間宮の自分に対する一途な思いに負けていまだに彼とつき合っているのだった。

「……そうだな。まぁ、そういうこともあるか……。いくら顔が似てるったって、結局は別人だし、よく見れば人に言われるほど似てなかったりするんだろ、な？」

国塚は、思ってもいなかった丹野の告白に動揺《どうよう》を隠しきれなかったが、それでもどうにかそれだけの言葉を、先刻《さっき》からジッと自分のことを上目遣《うわめづか》いに窺《うかが》っている美貌《びぼう》の友人へと告げることに成功した。

「そうだね、間宮のほうが若いし性格もいいとは思うけど……。やっぱり、似てることは似てるよ。それに今でも時々、自分が本当に好きなのはおまえなのか間宮なのか、真剣に悩むことがあるんだ」

丹野は立ち上がると、半身を起こした国塚の傍《かたわ》らへと、身体《からだ》を捻《ひね》るようにして腰をかけて、自分の身体を国塚に密着させてきた。

間近で香る丹野のコロンの香りと、自分を見つめる視線のあからさまな悩ましさに、国塚は溜《た》め息《いき》をつきながら「よせよ、俺を挑発するな」と呟《つぶや》いた。

「どうして？　先に誘ったのはおまえのほうじゃないか。僕は、これは自分のあやふやだった気持ちを確認するいい機会だと思ってる。少なくとも、先刻おまえに触れられても嫌《いや》じゃなかったし、おまえが昔僕のことをどう思ってたのか知った時は嬉《うれ》しかったよ」

間近で微笑《ほほえ》む丹野は、国塚の目にも充分に美しく魅力的《みりょくてき》だったが、やはり彼は疲れたように苦笑しながら首を左右に振ることしかできなかった。

「なぁ、丹野。このままおまえを抱くのは簡単だけど、そうすればお互いが後悔することは目に見えてるだろ。おまえは間宮に、そして俺は静流に消せない罪悪感を持つことになる。だいいち、俺らの関係だって、元のただの友人同士になんてきっと戻れなくなる。俺は、それが嫌《いや》なんだよ……。泉に続いて、おまえまで失いたくないんだ……」

自分でも驚くほど切実に語りながら、国塚は丹野の肩口へ己の顔を埋《うず》めた。

「意気地なし。せっかく、この僕が身体《からだ》を張って慰めてあげようと思ったのに、おまえはやっぱり馬鹿《ばか》だね」

口ではそんなことを言いながらも、国塚の頭を撫《な》でる丹野の手はやはり優《やさ》しい。

「……優しいな、丹野。おまえがこんなに優しい奴《やつ》だってことに、もっと早くに気づいていたら、俺は今こんなふうに悩んだりしなくてもすんだのかもな」

静流よりも少しだけ華奢《きゃしゃ》な丹野の身体を抱き締めながら、国塚は小さく「ごめんな」と続けた。

「いいよ、謝る必要なんかないから。傷ついてたおまえを、気遣《きづか》ってあげられなかった僕も悪い。国塚、おまえは知らなかったかもしれないけど、僕は子供の頃からずっと何故《なぜ》だかおまえには甘いんだ。泉は、そのことに僕自身よりも早く気づいていたよ」

これも、一種の恋愛感情なのだろうか？　と国塚と丹野はそれぞれの胸の内で考えた。

「……俺が静流と出会っていなくて、おまえが間宮と出会ってなければ、俺たちの関係も変わったんだろうか……」

「さぁ、どうだろう。もしかすると、いまだにおまえが僕と泉の関係を誤解したまま、口もきいてないかもしれないよ」

確かにそれはありえると、国塚は失笑しながら丹野の肩口から顔を上げた。

「慰めてくれて、サンキューな。俺も、もう少し前向きに頑張《がんば》ってみるか。まっ、その前にどうにかして静流を連れ戻さないとならんけどな……」

腕の中の丹野の身体《からだ》の温《ぬく》もりを、少しだけ惜しく感じながらも国塚は手放した。

しかし、国塚の予想に反して、すぐに離れていくものだとばかり思っていた丹野の温もりは、そのまま国塚の傍《かたわ》らへと留まったままであった。

不思議に思って視線を向けると、丹野は心配そうな眼差《まなざ》しで国塚のことを窺《うかが》っていた。

「本気で顔色が悪いよ、国塚。とりあえず、今日は風邪薬《かぜぐすり》を飲んで休んだほうがいいんじゃないか？」

「……そうしたいのはやまやまなんだがな……」

やはり、少しでも早く静流には自分のもとへと戻ってきてほしかった。

(せめて、俺が丹野の色香に迷っちまう前には帰ってきてもらわんとヤバい)

精神的にまいってる時に優《やさ》しくされると、けっこういろいろな意味でぐらつくものである。

「救急箱はどこにあるんだ？　手の傷もちゃんと消毒しないと……」

「えっと、確かそこのサイドボードの中に入ってるはずだ」

国塚を気遣《きづか》ってあれこれと世話をやいてくれる丹野の姿が、今の国塚の目には天使に見える。

「……あれ、国塚この写真は？」

サイドボードから救急箱を取り出して戻ってきた丹野が、救急箱をソファーの前のテーブルに置こうとして、その上にのっていた静流の写真に気がつき首を傾《かし》げた。

「静流くんだよな？　でも、おまえが撮《と》った写真にしては、ずいぶんと写りが悪いんじゃないのか。まるで、隠し撮りみたいだし……」

「隠し撮りみたいじゃなくて、そのものなんだよ。撮ったのは俺じゃなくて警察だ」

どういうことなんだ？　と瞳《ひとみ》で問いかける丹野に、国塚は今日何度目かの溜《た》め息《いき》をつきながら、先刻《さつき》影山から聞いた事情を手短に説明した。

聡明《そうめい》な丹野は、国塚の話の内容に驚きながらも、彼がすべてを語り終えるまでけして口を挟まなかった。

「……今の話が本当なら、すぐにでも静流くんを連れ戻したほうがいい。手段なんて選んでる場合じゃないよ。何かあってからでは遅すぎる」

まったく丹野の言うとおりだったが、国塚にはおとなしく静流を連れ帰る自信がなかった。

ああ見えて、かなりの意地っ張りの静流のことだから、自分の気持ちに納得できるまで戻ってこないつもりでいることは確実である。

「今の静流が、素直《すなお》に俺の言うことを聞くとは思えないしな……。だからといって、無理《むり》強《じ》いしたら揉《も》めることになるし……。そうだ、誰かに代わりに迎えに行ってもらうってのはどうだ？　俺がぶっ倒れて病院に運ばれたとでも言えば、いくら静流でも帰ってきてくれる気にならないかな？」

少々単純な手ではあったが、静流がまだ自分のことを少しでも好きだと思っていてくれるなら、心配して戻ってきてくれる可能性がある。

国塚の手の傷を消毒して、その上から丁寧《ていねい》に包帯を巻いていた丹野は、国塚の提案にちょっとだけ考える素振りで首を傾《かし》げたが、すぐに何やら自信ありげに頷《うなず》くと「じゃあ、僕が行ってあげるよ」と微笑《ほほえ》んだ。

「え、おまえが？　でも、おまえじゃ目立ちすぎるだろ……。それに、一人で渋谷になんて行ったことないんじゃないのか？　大丈夫なのか？」

まるで過保護の父親のような国塚の台詞《せりふ》に、丹野は悪びれない笑顔《えがお》で「大丈夫だよ」と言って立ち上がった。

「下に、角田《かくた》を待たせてあるからね。ちょうど、次の仕事先は代々木《よよぎ》だから、渋谷なら途中で寄ってもらえばいいだろ？」

「……おまえ、下にマネージャー待たせてたのか⁉」

角田というのは丹野の専属マネージャーで、国塚も何度か面識のある妻子持ちの気のいい男である。

老《ふ》けて見えるが、国塚や丹野よりもいくつか年下のはずだった。

「忙しい仕事の合間を抜けてきたって、最初に言っただろ？」

確かに言っていたが、まさか本当にそうだったとは知らずに、国塚はなんとも言えない複雑な気持ちになった。

「……時間は平気なのか？」

救急箱から風邪薬《かぜぐすり》だけを抜きだし、ほかはすべて箱に片付けてサイドボードの元あった場所にしまっている丹野の背中に、国塚は心配そうに声をかけた。

「平気だよ。まだ三時間くらい余裕あるもの。あ、角田のことも心配しないでいいから、どうせ車の中で寝てるよ」

こともなげに言う丹野の様子から、こんなことはすでに日常茶飯事《にちじょうさはんじ》なのだろうと思い至《いた》り、国塚は今頃車の中で寝ているのだろう角田に少しばかり同情した。

「えっと、場所は渋谷の『ミラー・ハウス』ね。すぐに静流くんが見つかればいいんだけど、もし万が一会えなかった時はごめん」

「いいさ。その時は、明日影山に怒られるのを覚悟で俺が迎えに行くから」

本当は、それが一番いいのだと国塚にもわかっているのだった。

「……わかった。でも、今日は薬飲んでちゃんと休むんだよ。おまえの調子が悪いのは本当なんだから」

帰り支度を始めた丹野に、つられたように立ち上がった国塚だったが、「見送らなくてもいいよ」と微笑《ほほえ》まれて顔を顰《しか》めた。

「……なぁ、俺はこれからおまえにどうやって借りを返したらいいんだ？」

自分でも情けない顔をしていることがよくわかった。

「そうだね、たまにこうやっておまえの面倒を見させてくれればいいよ。でも、静流くんに怒られるから、やっぱり駄目《だめ》かな」

丹野は、国塚が思ってもいなかったことを言うと、クスリと自嘲《じちょう》するように笑った。

「僕はね、先刻《さっき》も言ったかもしれないけど、昔からおまえに甘いらしくて、こうやって面倒を見ることなんて全然苦にならないんだ。間宮には甘えてみたいと思うんだけど、おまえは甘やかしたいって思う。そこらへんの違いが、いったいどこからくるのかはわからないんだけど、きっと僕はおまえのことが可愛《かわい》いんだろうね」

あまりにも普段言われ慣れないことを言われたため、国塚は一瞬《いっしゅん》放心した。

「……可愛い？　一八五センチもある、もうじき四十に手が届こうかというオッサンのどこが可愛いんだ？」

「いくらなんでも、おまえの外見が可愛いとは僕も思わないよ。あくまでも感覚的な問題であって、視覚的な話じゃない。僕は泉のことも好きだったし、静流くんのことも可愛くて仕方ない。おまえに対しても同じ気持ちを抱いてる。大切な人間を可愛《かわい》がって守ってあげたいというこの気持ちは、僕が女ならきっと『母性』とでも呼ぶんだろうけどね」

子宮のない男に、はたして『母性』が存在するのか？

答えは間違いなく『否《いな》』なのだろうが、どうも『父性』とは呼べないその感情には、丹野自身も戸惑《とまど》っている様子だった。

「……俺には、おまえがよくわかんないよ丹野。昔のおまえって、こんな奴《やつ》だったか？しばらく会わないうちに、変わっちまっただけの話なのか？」

困惑《こんわく》したように頭をかく国塚に、丹野は急に泣きそうな表情になって顔を歪《ゆが》めた。

「僕は、何度もおまえに連絡を取ろうとした。電話もかけたし、手紙だって書いた。おまえの大学まで、おまえの姿を見に行ったこともあったし、俳優になってからもおまえの写真展には必ず顔を出してた……。

おまえは、僕の出ていたドラマも見なければ、映画にも興味《きょうみ》がなかったから僕のことなんて何も知らないだろうけど……。僕は、おまえの出した写真集を全部持ってる。おまえがカメラマン協会から賞を貰《もら》った時の、雑誌の切り抜きさえも全部だ……。

おまえが僕のことを知らないのは当然じゃないか。知ろうとしなかったんだからな」

「丹野……」

この時ばかりは、国塚の頭の中には静流のことも影山や事件のことも何もなかった。

ただ、目の前で目を潤《うる》ませて悔しげに唇《くちびる》を噛《か》んでいる美貌《びぼう》の友人のことが、愛《いと》しくて可《か》哀想《わいそう》で、ただそれだけで頭の中がいっぱいだった。

「ごめん、ごめんな……」

抱き締めると最初だけ少し抗《あらが》ったが、唇を重ねるとすぐにおとなしくなった。

丹野の引き締まった身体《からだ》の線を掌《てのひら》で辿《たど》るようにして細い腰を抱き寄せ、先刻《さっき》の触れるだけのそれとは違う、深い口づけを交わし合う。

空《あ》いた手をスーツの胸元に差し込みネクタイを外そうとしたが、それは丹野の手にやんわりと阻《はば》まれた。

「駄目《だめ》だよ、これ以上は……」

「なんで？　今なら俺、おまえのこと抱けるよ」

おまえだってそのつもりだったのだろう？　と、国塚の眼差《まなざ》しは煽《あお》られたせいで獰猛《どうもう》なものへと変わっていた。

「……遊びならいいけど、本気は駄目。これから静流くんに合わせる顔がなくなっちゃうからね」

静流の名前を出されて、急激に熱が冷めていくのが国塚にもわかった。

しかし、最後までしてもしなくても、丹野に対して欲情した事実には変わりがない。

合わせる顔がないのは自分のほうだと国塚は思った。

「これだって、結局は浮気だろ……。こんなんだから、静流も俺のことを信用しないんだろうな。今さら罪悪感覚えても遅いか、自業自得《じごうじとく》だ……」

「そうでもないよ。今までのおまえなら、つき合ってる相手に浮気して罪悪感覚えたことなんてなかっただろ？　静流くんにはそれだけ本気だってことだよ」

国塚に乱された着衣を、まるで何事もなかったかのように直しながら、丹野はまだわずかに潤《うる》んでいる瞳《ひとみ》を穏やかに細めた。

「……おまえ、なんでそんなことまで知ってんだよ。まさか、俺のこと探偵《たんてい》でも使って調べたりしてないだろうな？」

「さぁ、どうだろうね」

「丹野……！」

思わせぶりに微笑《ほほえ》む友人の顔が、あまりにも妖艶《ようえん》だったので、国塚は慌《あわ》てたように視線を逸らした。

これ以上煽《あお》られると、今度こそ途中で止まらなくなる。

「おまえと試してみてもよかったけど、間宮はあれでけっこう嫉妬深《しっとぶか》くてね。それに、怒ると物凄《ものすご》く怖《こわ》いんだよ。それに、やっぱり静流くんを悲しませたくはないものね。天国の泉に怒られちゃうもの。だから、今日のことはお互いの胸の内だけにおさめておこう、ね？」

丹野の優《やさ》しい声音に、国塚は胸をつかれながらも頷《うなず》いた。

(結局、おまえは昔も今も、俺のことを許してくれるんだな……)

自分が今まで、どれほど丹野のことを傷つけていたのか、先刻《さっき》の彼の告白で国塚は思い知らされた気がした。

再会してからずっと、自分の前では高慢《こうまん》な皮肉屋《ひにくや》を演じていた友人の、あれが真実の言葉であり、そして自分に向けるこの優しさと甘さが本来の彼の性格なのだろう。

何も気づかず、知ろうともしなかった自分に自己嫌悪《じこけんお》を覚える。

「……ごめんな、丹野。俺、おまえに謝ってばかりだ。俺みたいなヒドイ男でもよかったら、これからも友達でいてくれよ」

「馬鹿《ばか》だなぁ、国塚。そんなこと当然だろ。心配しなくても、僕がおまえを裏切ったり嫌うことは絶対にないよ。おまえが僕と会うことを拒んでいたあいだも、僕にとってはおまえはずっと親友のままだったんだからね」

こんなふうに、誰かにずっと思われていたなんて、国塚は考えてもいなかった。

「愛されてたんだな、俺っておまえに……」

「気づくのが、ちょっと遅いよ。これにこりて、少しは他人の本気を信じるようにね。静流くんの気持ちだって、逃げてばかりいないでちゃんと受け止めてあげなきゃ」

イイ年して、そんなことを友人に説教されている自分が情けなかったが、国塚は逆らう気もまったく起きず、ただ素直《すなお》に頷《うなず》いただけだった。

「静流はいつだって、俺に本気で気持ちをぶつけてきてくれた。それなのに、俺はどこかでそんな静流の気持ちの重さから、逃げたいと思ってたのかもしれない。俺は今まで誰かを本気で愛したこともなければ、本気で愛されたこともないからな。

誰だって、未経験のことに遭遇《そうぐう》したら、最初は怖《こわ》いだろ？　きっと、そんな感覚だったんだと思う……。でも静流は、いつだって怖がらずにちゃんと俺のことを真っ直ぐ見つめてくれてたってのに、情けないよな俺は……」

「自分の過《あやま》ちに気づいたんなら、次はもう二度と同じ過ちを繰り返さないように気をつければいいさ。待ってなよ、静流くんちゃんと連れ戻してきてあげるから」

励《はげ》ますように丹野に肩を叩《たた》かれ、国塚も気を取り直したような表情で頷いた。

「ありがとう。頼《たの》むよ」

「任せてよ。こう見えてもプロだからね、静流くん相手に熱演してきてあげるよ」

器用に片目を一度瞑《つむ》ってから、丹野は「見送りはいいから、少し休んでなよ」と国塚をリビングのドアの前で押し留めた。

「なんだよ、見送るくらいいいだろう」

「……僕は、基本的に人に見送られるのは苦手なんだよ」

なんだそりゃあと困惑《こんわく》する国塚に、「じゃあね」と明るく投げキスを残すと、丹野はバタンと国塚の鼻先でドアを閉めてリビングから出ていってしまった。

どうやら丹野が、あれでそれなりに己の言動に照れて羞《は》じらっていたらしいと国塚が気づいたのは、彼が部屋から出ていってから五分ほどが経《た》ってからのことだった。

「……どうしようもねぇなぁ、俺って男はよぉ」

まるで少年のような口調で呟《つぶや》くと、国塚はソファーへと腰を下ろした。

ふと視線を向けたテーブルの上に、丹野が置いていった風邪薬《かぜぐすり》と、静流の写真がのっているのを見て、国塚はたまらない気持ちで頭を抱《かか》え込《こ》んだ。

子供の頃の自分の丹野に対する気持ちと、今の大人になってからの自分の静流に対する気持ちは、たぶん違う……。

それでも、自分が彼らを傷つけていたことには変わらないのだろうと、国塚は今さらのように腑甲斐《ふがい》無《な》く自分勝手な己に自己嫌悪《じこけんお》を覚えた。

「ごめんな、丹野……。俺はなんだかんだいっても、やっぱり静流が好きらしいよ」

すでにこの場にはいない心優《こころやさ》しい友人に向かって、国塚は申し訳なさげに囁《ささや》いた。

一途《いちず》で不器用で扱いづらい、けれど誰よりも清廉《せいれん》なあの少年に、結局は身も心も惚《ほ》れている国塚だった。

もしかして丹野の先ほどまでの言動は、それを国塚にはっきりとわからせるためのものだったのではないだろうかと、冷静になった今、国塚は思うのだった。

（にしては、ちょっと本気でヤバかったけどな……）

自慢《じまん》ではないが、どんな美女の色じかけも、自分にその気がない限りははねつけてきた国塚が、危うく丹野の誘いには籠絡《ろうらく》されかかった。

そこまで思い出したところで、丹野の職業が俳優だったことに思《おも》い至《いた》り、国塚は愕然《がくぜん》としてしまったのだった。

（演技、だとしても、俺には、どれが演技でどれがあいつの本気だったかなんて見分けつかんしなぁ……）

「まぁ、いいか」

深く考えるのは、自分の性ではない。

今は丹野の好意を素直《すなお》に受け取り、静流にちゃんと謝ることだけ考えよう。

そう結論づけると、ようやく国塚もすっきりした気分になった。

とりあえずは、何か軽く食べてから風邪薬《かぜぐすり》でも飲むかと、ソファーから腰を浮かしたところで電話が鳴った。

「はい、国塚です」

静流か丹野か、はたまた影山かと、それでも急いで電話に飛びついた国塚だったが、電話の主はそのどれでもない予想外の相手だった。

『国塚か？　俺だ、三浦……。あ、切るなよ！　新たな情報入ったから、このあいだのお詫《わ》びにおまえに教えておこうと思って、わざわざ電話してやったんだからな！』

　自分の名前を聞いた途端に、国塚が電話を切ろうとした気配が伝わったらしく、電話の向こうで三浦は焦《あせ》ったような早口でそう言った。

「……なんだよ、新たな情報って。言っとくけどな、影山に訊《き》いたら身に覚えがないってはっきり否定してたぞ」

『ゲッ、本人にそのまま訊いたのかよ。まったく無茶するなぁ……』

　無茶はどっちだ馬鹿野郎《ばかやろう》と、友人を新聞のネタにしようとしていた三浦に向かって、心の中で国塚は毒突《どくづ》いた。

　けれど、口では「で、新情報ってなんだよ？」と三浦に話の先を促した。

　影山の無実は信じているが、それとは別に、武骨《ぶこつ》な友人が何かを隠しているだろうことを国塚はほぼ確信していたからだった。

『あぁ、それがな……。後で調べてわかったんだけど、影山の死んだカミサンには弟が一人いて、そいつも刑事をやってるらしいんだ。事故当時はまだ大学生だったらしいんだけど、今はなんと影山の下で働いてるって話だ』

「新宿南署に勤務してるのか？」

　それは確かに初耳だったので、国塚は驚きながらもそう尋《たず》ねた。

『そうだってさ。で、ここからが本題なんだけど、例の麻薬《まやく》組織に潜入捜査《せんにゅうそうさ》で入り込んでたのが、その影山の義弟らしいんだ。末端《まったん》の売人のほとんどは、自分以外の売人の顔や名前を知らないらしいから、そこを利用して潜入《せんにゅう》してたみたいだ。そう長い期間じゃなかったらしいけどな。組織を探《さぐ》っているうちに、その義弟が自分の姉と姪《めい》っ子《こ》を殺した迫田の存在を知ったとしたらどうだ？』

どうやらその口ぶりから察すると、三浦はまだトップ記事を狙《ねら》っているらしかった。

「どうだって言われたって、俺は刑事でも記者でもないんだから知るかよ。ちなみに、影山の義弟ってなんて名前だ？」

聞いたところで、何がどうというわけではなかったのだが、なんとなく国塚はそう三浦に尋《たず》ねていた。

もしかすると、何やら予感めいたものがあったのかもしれない。

そして、その国塚の予感を肯定するかのように、三浦は答えたのだった。

『名前か？　名前は佐倉洋祐《さくらようすけ》、二十六歳。影山と違って、なかなかの美青年だとさ』

STAGE 4

「金光《かねみつ》、俺らのしてることって、本当に犯罪じゃないの？」

「やだなぁ、静流《しずる》ちゃんったら。細かいことは言いっこなしだよ」

細かいこと？　どこが……？

目の前で無邪気《むじゃき》にニッコリと微笑《ほほえ》んでいる友人に、静流はこれ以上はきっと何を言っても無駄《むだ》なのだろうと諦《あきら》め、深い溜《た》め息《いき》をついた。

国塚《くにづか》のマンションを飛びだしてから、今日で三日が経《た》つ。

その間、部屋なら貸すほど余っているという金光のマンションにお世話になりながら、二人で大学にも行かずに何をしていたかといえば、岡崎《おかざき》の行方《ゆくえ》探しであった。

とりあえず、岡崎のパソコンからコピーした顧客《こきゃく》名簿《めいぼ》を手がかり（具体的にどうしたのかといえば、金光が顧客の一人一人に電話して、どこで岡崎からクスリを買ったのか訊《き》きだしたのである。単純に見えて、かなり高度な交渉テクニックが必要。口下手な静流にはとても向かない作業である）に、静流と金光は岡崎が頻繁《ひんぱん》に出入りしていたと思われる渋谷《しぶや》のライブハウスを突き止めた。

ライブハウスの名前は『ミラー・ハウス』といって、岡崎のような組織の末端《まったん》に位置する売人の何人かが、客との取引場所として利用している場所らしかった。

「売人のコードネームが『鏡《かがみ》の国《くに》のアリス』関係だから、店の名前も『ミラー・ハウス』なのかな？　だとしたら、なんでそんなに『アリス』にこだわるんだろう？　もしかして、組織のお偉《えら》いさんにロリコンでもいたりしてねん」

ウヒャヒャと品のない笑い声をたてる金光に苦笑しながらも、静流は今日で三日目となる店の前での張り込みにそろそろ厭《あ》き始《はじ》めている自分に気づいていた。

あまり暇《ひま》だと、ついつい国塚のことを考えてしまうので、できることなら何も考えられないくらい忙しいほうが静流にしてみればありがたい。

「なぁ、金光。いつまでもここでこんなことしてても、岡崎の行方《ゆくえ》の手がかりになりそうなことなんて見つからないよ。いっそのこと、店の店員でも締め上げて何か訊《き》きだしたほうが早くないか？」

静流の綺麗《きれい》な外見に騙《だま》される人間は多かったが、こう見えても静流は短気なうえに乱暴者なのである。

ちなみに、売られた喧嘩《けんか》は絶対に買うのが彼のモットーだった。

「駄目《だめ》だよ静流ちゃん、暴力は駄目。そんなことしたら、本当に警察にご厄介《やっかい》にならなきゃいけなくなるよ」

だったらどうするんだよと、いささか剣呑《けんのん》な目つきになる静流に、金光は仕方なさそうな様子で肩を竦《すく》めた。

「俺はね、待ってるんだよ」

「待ってる？　何を？」

わからないと首を振る静流に、金光は声をひそめて「岡崎からの連絡だよ」と告げた。

「岡崎からの連絡？　ここでこうしてたら、あいつから連絡が入るとでもいうのかよ」

不審《ふしん》もあらわな静流に、金光は鼻の上で眼鏡《めがね》を押し上げながら「そうだよ」と頷《うなず》いた。

「だから、わざとこんなわかりやすい所で見張ってるんじゃないか。岡崎の目につきやすいようにね。ついでに、張り込み中の刑事さんたちにも見えやすいようにね。万が一、おっかない人たちに絡《から》まれても、これならすぐに助けてもらえるでしょ？」

近くに刑事が張り込んでることなど、もちろんまったく気づいていなかった静流は「えっ？」と驚いたように周囲を見回した。

「気づいてなかったの？　毎日、『ミラー・ハウス』に出入りしている人間の写真を撮《と》ってるみたいだよ。たぶん、俺らの写真も何枚か撮られてるだろうね」

静流は淡々とした金光の言葉に呆然《ぼうぜん》としたが、もしもこの金光の言葉を張り込み中の刑事が聞いていたなら、おそらく彼らも呆然としたに違いなかった。

「ここ何日か、警察無線や××組の組員の携帯《けいたい》を盗聴《とうちょう》しててわかったけど、岡崎の奴《やつ》、そのどっちからも追われてるような形跡がまったくないんだ。店のほうに、警察が仕かけた盗聴器があるみたいだから、そっちの音も拾って聞いてみたけど、やっぱり岡崎のことは何も言ってないんだよね」

まるでなんでもないことのように、そんなことを淡々と喋《しゃべ》る金光に、静流は内心で『だから、それは犯罪じゃないのか？』と呟《つぶや》かずにはいられなかった。

だいいち、いったいいつの間にそんなことをしていたのだと、静流は不思議でならない。

「岡崎の奴、何から身を隠してるんだろうな？」

ポツンと呟いた金光に応《こた》えるように、彼の携帯の着メロが鳴った。

曲は『ルパン三世のテーマ』である……。

「おっと、噂《うわさ》をするとなんとやらだな。ようやく待ち人からの電話だよ。もしもし、岡崎？　ずいぶん探したんだぜ。おまえ、今どこにいるんだよ？　ナナちゃんも心配してるぞ」

『……金光、頼《たの》む』

静流も金光の携帯に耳を近づけて、久しぶりの友人の声に耳を澄《す》ます。

岡崎の声は、電話ごしだからというだけではなく、明らかに静流が知る普段の彼の声よりも覇気《はき》がなかった。

「うん？　頼《たの》むって何を？」

金光の質問に、岡崎は電話の向こうでしばらく沈黙した後、まるで絞《しぼ》り出《だ》すような声で
『助けてくれ……』と呟《つぶや》いた。

途端に、静流と金光の顔にも緊張が走る。

「岡崎、おまえもしかして、誰かから命でも狙《ねら》われてるのか？」

金光の質問に岡崎は一瞬《いっしゅん》沈黙したが、次に口を開いた時はまるで覚悟を決めたかのように、しっかりとした口調に戻っていた。

『今はまだ大丈夫だと思うが、これから先も大丈夫だとは思えないんだ。俺はもう、自分がいつ殺されるかとビクビクしながら生きてくのは嫌《いや》だ。こんなことなら、これまで俺がやったことを全部警察に話してしまいたい……。

金光、隣《となり》に真田《さなだ》もいるとは思うが、おまえらがそこにいるってことは、俺が何をやってたか全部知ってるってことなんだろ？　だよな？　金光、おまえにはそのうちバレるとは思ってたんだ……』

自嘲《じちょう》するような声で、最後に岡崎は笑った。

「ああ、おまえが売人やってたことは知ってる。それから、おまえが行方《ゆくえ》をくらましたのは迫田健二《さこたけんじ》が殺された件がきっかけだよな？　迫田とおまえは、同じ組織に属してた。

ここらへんのことまでは知ってるから、後の説明を補足してくれ。ちなみに俺も静流ちゃんも、今さらおまえが売人をやり始めた心境になんて興味《きょうみ》ないから、そのへんは語らなくていいぞ。ていうか、俺は怒ってるから聞きたくない。わかったか？」

静流は、初めて見る金光の厳しい表情と、その口調に驚きを隠せなかった。

いつだって飄々《ひょうひょう》として摑《つか》みどころがないと思ってた金光の、別の一面が見られたようでちょっと感動する。

『……ハハ、手厳しいな。でもそうだな、俺も自分がどんなに馬鹿《ばか》で弱い人間だったかなんて、惨《みじ》めすぎておまえたちに話せないよ。本当は、おまえたちにこんなこと頼《たの》めた義理じゃないこともわかってるんだ……』

金光の手厳しさに、岡崎は電話の向こうでへこんだらしかった。

「馬鹿者、何ゴチャゴチャ言ってるんだ。要点だけ、早く話せって言ってるだろ。少しは頭を使えよ。おまえがやってること知ってても、警察に知らせないでこうして俺らがおまえを探してたのは、どうしてだと思ってるんだ。おまえみたいな馬鹿な奴《やつ》を、それでも友達だと思ってるからじゃないか」

『……すまん、金光。おまえ、いい奴だな……』

金光の素っ気ないが自分を気遣《きづか》う言葉に、岡崎は今度は電話の向こうで感動しているらしかった。

「……金光、マジでカッコいい。俺も感動しちゃった……」

「静流ちゃんまで、何言ってんだよぉ。でもまぁ、静流ちゃんに褒《ほ》められるのは悪い気しないからいいか。……と、岡崎、おまえいつまで感動してんだよ。早く話せ」

どうやら、岡崎と静流の両方に褒《ほ》められて金光は照れているらしく、うっすらと顔が赤くなっている。

『ああ、わかった。話すよ……。迫田が××組を裏切って、組織に麻薬《まやく》を横流しして利益を得てたことは知ってるよな？　××組のほうは、裏切り者探しに必死だったらしいけど、迫田はけっこう上手《うま》く立ち回ってたらしい。組織内で迫田のことを知ってる人間は、上層部の人間ばかりだったから、末端《まったん》の売人のほとんどは迫田の存在なんて知らないはずだ。

なのに俺がどうして迫田を知ってるかというと、俺を売人の仕事に誘ったのが奴《やつ》だったからさ。俺と迫田は、田舎《いなか》の幼《おさな》なじみなんだよ……。子供の頃家が近所で、小さい時はよく遊んでもらった。

迫田は大学からずっと東京だったから、ずいぶんと顔を合わすこともなかったんだけど、俺がこっちに出てきてから再会した。そして、ちょうどいろんなことでムシャクシャしてて、迫田がヤバい仕事をしてることには薄々気づいてたけど、誘われるままに奴の仕事の手伝いをするようになったんだ……』

岡崎はいったん、そこで息継《いきつ》ぎをするかのように言葉をきった。

「じゃあ、岡崎はただの売人じゃなくて、迫田のサポートみたいな仕事をしてたのか?」

『ああ、まぁそうなるかな……。顧客《こきゃく》の管理や、売人の名簿《めいぼ》作ったり、まぁけっこう事務みたいなこともやってたかな』

その説明に、自分と金光が岡崎のパソコンから見つけたデータが、迫田のサポートで岡崎が作成したものなのだろうと静流は納得した。

「それで? 迫田を××組にやらせた人間を、おまえは知ってるのか?」

その金光の質問には、電話の向こうの岡崎だけではなく、傍《かたわ》らにいた静流も驚いた。

『な、そんなことまで知ってるのか、金光?』

「やっぱ、そうか……。そんなこったと思った。次は自分の番かもしれない、それで逃げ回ってたんだろ?」

電話の向こうで、岡崎が溜《た》め息《いき》をつく気配がした。

『……あ、ああ。偶然、だったんだよ。迫田は表向きは××組の組員だから、そっちで手が離せない時は、俺が迫田と組織のあいだの連絡係みたいなことをやってた。

その日も、新宿《しんじゅく》にある組事務所の近くで迫田と会って、これからショバ回りだっていう迫田とはその場で別れたんだ。俺はそのまま新宿駅に向かった。そして、新宿駅のコインロッカーの近くで、若い男が携帯《けいたい》電話をかけてるのを見かけたんだよ。

べつに珍しい光景じゃないが、俺はそいつの顔を、何度か「ミラー・ハウス」で見かけたことがあって知ってた……。それでなんとなく気になって、陰に隠れてそいつの電話の会話を盗み聞きしたんだ。そしたらそいつが、「駅のロッカーに約束のものを入れてある、キーはロッカーの下にテープで張り付けてあるから、すぐに取りに来い」と言ってるのが聞こえた。

何故《なぜ》だかその台詞《せりふ》がひどく気になって、俺はそいつがその場からいなくなった後もそのコインロッカーのそばを離れずに見張ってた。そうしてしばらく待ってると、何度か顔を見たことがある××組の下《した》っ端《ぱ》が二人やってきて、ロッカーの下からキーを探しだすと、そいつの指定したロッカーから大きな封筒に入った書類のようなものを取り出したんだ。

俺にはその封筒の中身がなんだかわからなかったけど、そこを去り際にそいつらが交わしてた会話を聞いてゾッとしたんだ。奴等《やつら》は言ってた、「これで、裏切り者も終わりだな」ってさ……』

これまでの岡崎の話を整理すると、迫田が××組の組員から消されたのは、彼が組を裏切っているというタレコミがあったからで、そのタレコミをした男の顔を、岡崎は見知っているらしい。

「で、まだ続きがあるんだろ？」

あくまでも冷静な金光に先を促されて、岡崎は続きを話しだした。

『俺は、奴等の話してる裏切り者が迫田を指してるんだと、すぐに気づいた。だから、早く迫田に知らせようとして、その場で携帯をかけようとしたんだ……。けど、結局かけることはできなかった……』

「何故《なぜ》？」

『脅《おど》されたんだよ。このことを迫田に知らせたら、おまえのことも××組に売るってさ』

「誰に？」

金光の質問はどれも短かったが、そう質問する声と目つきは鋭かった。

『……そいつ、帰ったんじゃなくて、離れた所からロッカーの様子と俺のこと見てたんだ。電話をかけようとした瞬間《しゅんかん》、肩を摑《つか》まれてそう言われた。死にたくなかったら、黙ってろとも言われた。怖《こわ》かったよ。俺よりも小柄《こがら》で、外見とかも優男《やさおとこ》だったけど、目がマジだってわかったから……』

「それで、迫田には黙ってたんだな。黙ってて、本当に迫田が殺されたから怖くなったんだろ？　そうなる前に警察に行けばよかったじゃないか。どうしてそうしなかったんだよ。罪に問われるのが嫌《いや》だったのか？　だけど、殺されるよりはましだろ」

ほんの一瞬のことだったが、金光の顔に岡崎を侮蔑《ぶべつ》するような表情が浮かんだのを、静流は見逃さなかった。

（金光の気持ち、俺にもわかるな）

『……俺のこと軽蔑《けいべつ》してるんだろ。いいよ、わかってる。自分でも最低な男だって思ってるんだ。でも、警察に自首できなかったのにはわけがあるんだよ。だって、俺を脅《おど》したそいつは刑事だったんだからな……。怖《こわ》くて、警察信じられねぇよ』

「おいおい、そりゃあマジな話かよ？」

さすがにこれには金光も驚いたらしく、目を丸くする。

『ああ、マジだよ。その後、一度大学まで俺のこと訪ねて来て、警察手帳見せられたんだからな。組織の内部のことで、俺の知ってることがあれば話してほしいって言われた。そのかわりに、俺のことは見逃してやるからってさ……』

「そいつの名前と、所轄《しょかつ》の名前は聞いたか？　まさか、本庁ってことはないよな……」

ほとんど独《ひと》り言《ごと》のように呟《つぶや》く金光に、岡崎は泣きそうな声で『頼《たの》むから、助けてくれよぉ』と呟いた。

『俺、もう逃げ回るの嫌《いや》なんだよ。警察に自首したいんだ……。でも、俺そいつの名前も所轄も知らねぇんだよ。そいつと関係ない、どこか信頼《しんらい》できる警察署に頼んで、俺のことを迎えに来てくれないか。おまえなら、調べることできるだろう？』

岡崎が『信頼できる警察署』というのを聞いた瞬間《しゅんかん》、静流の脳裏《のうり》に浮かんだのは国塚の友人である影山《かげやま》が勤める新宿《しんじゅく》南署《みなみしょ》だった。

（……もともと迫田の事件を追ってたのもあそこの署だし、影山さんは国塚さんと友達な

んだから、話せばきっとなんとかしてくれるよな)

「信頼ねぇ。それなら確か、静流ちゃん新宿南署のお偉《えら》いさんと知り合いだったよね?」

どうやら金光も静流と同じことを考えていたらしく、そう尋《たず》ねてくる。

「ああ、俺じゃなくて、国塚さんのだけどな……。でも、一度会って顔知ってるし、迫田の事件を担当《たんとう》したのもあそこの署だから、事情を話せば喜んで協力してくれると思う」

もちろんここ三日ほど国塚と顔を合わせていない静流には、影山と迫田のあいだにある深い因縁《いんねん》のことなど、まったく与《あずか》り知らぬことだった。

「よぉ、岡崎、今の話、聞こえたか? これから俺たちが新宿南署に行って事情を説明してくる。そんで、おまえのこと保護してもらえるように頼《たの》んでやるよ。いいよな、それで?」

『……すまない、頼むよ。俺の知ってることならなんでも話すし、捜査《そうさ》に協力するってそう伝えてくれ……』

すっかり覚悟を決めたらしい岡崎の声を聞いて、金光は静流に向かって軽く肩を竦《すく》めてみせた。

「で? どこにおまえを迎えに行けばいいんだ?」

『芝浦埠頭《しばうらふとう》に、来月取り壊しの決まってる製菓会社の廃工場があるんだ、俺はその二階に隠れてるから、廃工場についたら声をかけてくれ』

「へー、そんなところよく見つけたな？」

『……ああ、親父《おやじ》の勤めてる会社の、関連会社の工場なんだよ……。工場を閉める時、親父もこっち出てきて立ち会ったんだ。その時のこと、覚えてた……』

父親の話をしている岡崎の声がどんどん小さくなっていくのに、金光は岡崎に聞こえないくらいの小声で「馬鹿《ばか》な奴《やつ》だな……」と呟《つぶや》いた。

少し切なそうに眉《まゆ》を寄せる友人に、静流も口を閉ざして俯《うつむ》く。

岡崎はこれから、自分の犯した罪を償《つぐな》わなければならない。

田舎《いなか》の両親や、恋人を悲しませるとわかっていても、それが罪を犯した者の当然の義務だった。

「話がまとまったら、後で俺のほうから連絡する。心配すんなよ、ちゃんと迎えに行ってやるさ。だから馬鹿なことだけは考えるなよ、じゃあな」

わざとなのか、いくぶん素っ気なく金光は携帯《けいたい》をきった。

そうして、少し疲れたような溜《た》め息《いき》をついたが、静流の視線に気づくといつもの屈託《くったく》のない笑顔《えがお》を浮かべた。

「まったく、馬鹿な友達を持つとお互い困っちゃうよね」

「あいつに会ったら、俺が一発ぶん殴《なぐ》って根性を叩《たた》き直《なお》してやるよ」

かなり本気で言ったつもりの静流の台詞《せりふ》を、金光は冗談《じょうだん》だと取ったらしく「アハハ、静流ちゃんに殴られるなら、あいつも本望《ほんもう》だね」と笑った。

「……さてと、それじゃあ行くとするかね。でも俺たちが直接行く前に、国塚さんに口利《くちき》きしてもらったほうが確実だよなぁ。静流ちゃん、頼《たの》んでくれる?」

「……それは……」

まだ、静流には国塚と連絡を取る勇気がなかった。

国塚が自分を心配して、何度も携帯《けいたい》に連絡を入れてくれていることは知っていたが、声を聞けばすぐにでも会いたくなることがわかっていたので、静流はそんな国塚からのコールをすべて無視してきた。

しかし、昨日まではあんなに何度もかけてきてくれた電話が、今日はまだ一度も鳴っていない。

もしかすると、国塚もいい加減自分の強情さに呆《あき》れてしまったのかもしれないと、静流はかかってきても出ないくせに、電話がかかってこなければこないで落ち込んでいたのだった。

「うーん、何があったのかは知らないけど、そんな顔するくらいなら、早く国塚さんと仲直りしなよ」

幼《おさな》い子供にでもするようにポンポンと何度も金光に頭を叩《たた》かれ、静流は「そんな顔?」と不思議《ふしぎ》そうに首を傾《かし》げた。

自分では、どんな顔をしているのか自覚がなかった。

「国塚さんに、会いたくて仕方がないって顔。俺ね、けっこう前から知ってたんだよ。静流ちゃんにとって、国塚さんがただの同居相手なんかじゃないってこと。確信したのは、つい最近なんだけどね」

なんとなく、聡《さと》い金光には気づかれているかもしれないと、静流もそう思っていた。だから、驚かない。

驚かないが、それでもいちおう、確信したという理由を知りたかった。

「俺と国塚さんのこと、確信したのはなんで？」

「ちょっと元気がなかった静流ちゃんが、一週間くらい前に一日自主休講したら、翌日にはやけにご機嫌になってたことがあるじゃない。どうしたのかなぁと思って見てたら、俺は静流ちゃんのここにキスマークがついてるの発見してしまいました」

金光は照れた表情で、ここ、と己の鎖骨《さこつ》のあたりを指差した。

一週間前の自主休講といえば、静流が自分を何日も抱いてくれない国塚にしびれをきらして、自分のほうから恋人に迫った日のことである。

「あ……」

反射的に顔を紅《あか》くする静流につられたように金光も紅くなりながら、「その時にね……」と彼は続けた。

「昨日は何をしてたの？　って俺が訊《き》いたら、静流ちゃんはごく普通に『ずっと、国塚さんと一緒《いっしょ》だったけど』と答えたんだよね。だから、まぁそうなのかなぁと思ったわけです」

わざとふざけた口調でそう話を締《し》め括《くく》った金光に、静流は頬《ほお》を染めたままでわずかに眉《まゆ》を寄せると、「気にならないの？」と目の前の友人に尋《たず》ねた。

国塚の周囲の人間は、わりあいこの手のことに寛容な人間が多かったが、静流はそれまで自分の周囲の人間には自分たちの関係を話したことがなかった。

金光には、自分から話したのではなく知られてしまったのだが、そうは言ってもやはり友人の反応は気にかかる。

つい、彼らしくもなく気後れした表情で金光を窺《うかが》った静流の懸念《けねん》をよそに、金光は普段とまったく変わらない屈託《くったく》のない笑顔《えがお》で「そんなわけないじゃん」と言うと、静流の背中をおかしそうにバンバンと叩《たた》いた。

「今の時代、男同士なんてそう珍しいことじゃないじゃん。だいたい、静流ちゃんが相手なら俺だってOKだよ。国塚さん男前だから、ちょっと俺じゃあ太刀打《たちう》ちできなくて悔しいけど、せっかく手に入れた静流ちゃんの友達の座を、俺はそんなことくらいで放棄《ほうき》する気なんて全然ないからね。あったりまえじゃん。わかってくれた？」

あくまでも朗らかで闊達《かったつ》な金光の言動を目の前に、静流は一瞬《いっしゅん》でも友人をなくすのではと憂慮《ゆうりょ》した自分が馬鹿《ばか》らしくなった。

（そうだった……。こいつは、そーいう男だった……）

それでも、静流は寛容な友人に礼を言うことだけは忘れなかった。

「ありがとう、金光。俺、きっと国塚さんの次くらいにはおまえのこと好きだと思うよ」

「そりゃあまた、すっごい褒《ほ》め言葉だなぁ。照れちゃうじゃん」

テヘへと笑う金光は、本当に照れているらしかった。

「まっ、それはともかくとして、早く国塚さんと仲直りしなよ。ちょうど用事もあることだし、それをきっかけにしてさ」

「……わかってる。わかってるんだけど……」

本当は、自分の中では答えなどとっくに出ているのだった。

国塚に自分の存在がどんなに重荷に思われていたとしても、こんな自分を彼が『怖《こわ》い』と厭《いと》っていたとしても、静流はやはり国塚から離れることなどできなかった。

（だって、俺には国塚さんしかいないから……）

誰にも渡したくはなかった。

「静流くん、こんなところにいたんだね。ずいぶんと探したんだよ」

急に背後から腕を取られて、静流は我に返った。

傍《かたわ》らの金光が、静流の背後を驚いたように凝視《ぎょうし》して「うわぁ、本物だよぉ……」と呟《つぶや》いている。

「……丹野《たんの》、さん？」

国塚の友人である美貌《びぼう》の二枚目俳優は、静流が初めて見るような険しい表情でそこに立っていた。

「こんなところで、マンションにも帰らないで何をやってるんだ？」

顔つきだけではなく、静流を問いつめる声にまで刺《とげ》がある。

いきなり現れて、いきなり何を怒っているのだと、国塚だけではなく己の死んだ母親の友人でもあった年上の美麗《びれい》な顔を静流は訝《いぶか》しげに見つめた。

「……関係ないことです。あなたには……」

ついつい反抗的な瞳《ひとみ》を向けると、丹野は秀麗《しゅうれい》な顔に明らかな怒りの表情を浮かべた。

何故《なぜ》、丹野にこんな顔をされなければならないのだと顔を顰《しか》めた静流に、丹野は厳しく眉《まゆ》を寄せたままの表情で口を開いた。

「関係ない、ね……。国塚が倒れたことを、わざわざきみに知らせに来てあげた僕に向かってそういう口をきいてもいいのかな？」

「えっ……!?」

丹野の口から飛びだした事実に、静流は途端に血相を変えると丹野の両肩を摑《つか》んで詰め寄った。

「国塚さんが倒れたって、どういうことなんですか？」

静流の顔色が蒼白《そうはく》になってることに気づいた丹野は、ようやく表情を少し和ませた。

「……寝不足と疲労。まぁ、たいしたことはなくて、病院で点滴を受けた後、今はマンションに戻って休んでるよ。先刻《さっき》までは、僕がそばについてた」

国塚の倒れた理由を知って、静流はとりあえずはホッとした。

「そうですか……。たいしたことなくてよかった……」

「よかった？　出ていったきり、なんの連絡もよこさないきみを心配して倒れた国塚に、よかったって言うのかい？」

再び声音に怒りを滲《にじ》ませる丹野に、静流は咄嗟《とっさ》に返す言葉を失った。

「他人の痴話喧嘩《ちわげんか》に口出ししたくはないけど、あんまり国塚を心配させないでくれないか。あいつはあんな男だけど、きみに対しては本気だと思うよ。それをどうしても信用できないって言うなら、それは仕方ないけどね……」

「そんなこと……」

丹野に言われなくてもわかっている。

なんだか、国塚のことならなんでもわかっているのだとでもいうような丹野の口ぶりが悔しくて、静流は唇《くちびる》を嚙《か》んだ。

「それなら、そろそろ戻ってあげてよ。あの馬鹿《ばか》が、僕の言うとおりにちゃんとベッドで休んでいるのか心配なんでね」

静流だって、そんな状態の国塚を一人になどしておきたくはない。できるならば、すぐにでも国塚のもとへ戻りたかった。

けれど、自分はこれから金光と、岡崎のことを迎えに行かなければならない。どんなに馬鹿《ばか》な友人でも、見捨てることはできなかった。

そんな諸々《もろもろ》の静流の躊躇《ためら》いをどう受け取ったのか、丹野はスッと表情を引き締めるとゆっくりと口を開いた。

「それとも、もう国塚のことなんていらなくなったのかなぁ？　だったら僕が貰《もら》うけど、それでもいいかい？」

ニッコリと、静流でさえも見惚《みほ》れるほど艶《あで》やかに微笑《ほほえ》んだ丹野だったが、瞳《ひとみ》の奥は冴《さ》え冴《ざ》えと冷たく澄《す》んでいて、けして笑ってはいなかった。

「なんの冗談《じょうだん》だよ……」

「冗談？　まさか本気だよ。いったい僕がどれだけの月日、あいつのことを見てきたと思ってるんだ。言っとくけど、きみの知る二十倍の年月分の国塚を僕は知ってるんだよ。大切なんだ。あいつを傷つけるんなら、僕はきみのことだって許さない」

今まで想像もしなかった丹野の告白に、静流は一瞬呆然《いっしゅんぼうぜん》としたが、次の瞬間《しゅんかん》にはキッと眦《まなじり》をきつくすると、「絶対に渡さない！」と怒鳴《どな》っていた。

「……誰にも渡さない」

「そこまで言うんなら、早く戻ったら。きみの後釜《あとがま》を狙ってるのは、何も僕だけに限ったことじゃないよ」

そんなことは知っていると悔しげに唇《くちびる》を噛《か》んだ静流に、それまですっかり傍観者《ぼうかんしゃ》に成り下がっていた金光が、「行きなよ、静流ちゃん」と声をかけてきた。

「警察に行くのは、俺一人だけでも大丈夫だよ。静流ちゃんは、いったん国塚さんのところに戻って落ち着いてからでも来てくれればいいさ。ただ、もし国塚さんの調子が大丈夫そうだったら、影山さんに連絡してもらえれば助かるけどね」

ね？　と穏やかに笑うと、金光は静流を宥《なだ》めるように背中を軽く叩《たた》いた。

「警察ってなんのこと？」

金光の台詞《せりふ》を聞《き》き咎《とが》めて、丹野が首を傾《かし》げるのに、静流は憮然《ぶぜん》とした表情で「丹野さんには関係ない」と言い捨てた。

「……金光、ごめんな。俺も、後からすぐに行くから」

「うん。俺は大丈夫だから、静流ちゃん早く行ったほうがいいよ」

金光がチラリと丹野のほうへ視線を流しながら苦笑するのに、静流は切れ長の目を吊《つ》り上《あ》げながら「わかった」と頷《うなず》いた。

そうして、そのままその場から駆け出そうとした静流だったが、途中で一度丹野に向き直ると、中指を一本立てて「絶対に負けねぇ！」と叫《さけ》んでから踵《きびす》を返したのだった。

「……まったく、子供はこれだから困る。まっ、馬鹿《ばか》な子ほど可愛《かわい》いとは言うけどね」

静流の下品な振る舞いには形のいい眉《まゆ》を顰《ひそ》めたが、それでも丹野は仕方なさそうに微笑《ほほえ》んでいた。

そんな丹野の綺麗《きれい》な横顔を眺《なが》めていた金光は、「丹野さん、静流ちゃんのこと、わざと煽《あお》ってましたね？」と、それまではブラウン管の中でしか見たことのなかった目の前の美《び》麗《れい》な人に向かって声をかけた。

「子供は、すぐにムキになるからね。下手に説得するよりもこのほうが早いよ。きみは、彼の友達？　静流くんよりは賢そうだけど、あまり危ないことに首を突っ込んじゃ駄目《だめ》だよ」

やんわりと咎《とが》めながら微笑む丹野を眩《まぶ》しげに見つめた金光だったが、彼の忠告には素直《すなお》に「はい」と頷《うなず》いた。

「わかってるならいいんだけどね。さて、僕もそろそろ仕事に戻ろうかな。きみも、事情はよく知らないけど気をつけてね」

自分の仕事はこれで終わったとばかりに、さっさとその場を後にしようとする丹野の背中に、金光はどうしても一つだけ尋《たず》ねたいことがあったので、その疑問を正直にぶつけてみることにした。

「丹野さん、さっき静流ちゃんに言ってたことって、半分は本音ですよね？」

金光の質問に、振り返った丹野はなんとも言えない悩ましい眼差《まなざ》しで微笑んだのだった。

「ねぇ、きみ。僕は、賢すぎる子はあまり好きじゃないんだよ」


丹野と別れた後、金光は静流に教えられたとおり、新宿南署に影山を訪ねていった。

「影山警部ねぇ、今ちょっと外出してていないんだけど、どんな用なのかな？」

あいにくと不在中の影山に代わって、金光の応対をしてくれたのは温厚そうな初老の刑事だった。

「じつは友人が、こちらが捜査を担当《たんとう》していた迫田健二殺しの件のことで、話があるらしいんです。迫田のいた麻薬《まやく》組織に関連したことらしいんですが、友人は現在組織に追われて身を隠してます。それで、こちらの署に保護を求めてるんですが、どなたか僕と一緒《いっしょ》にあいつのことを迎えに行ってはもらえないでしょうか？」

初老の刑事は最初、金光の話に胡散臭《うさんくさ》そうに眉《まゆ》を寄せていたが、金光が続けて岡崎が死んだ迫田のサポートのような仕事をしていたことや、ほかの売人名簿《ばいにんめいぼ》や顧客《こきゃく》リストを持参して自首したがっていることを話すと、途端に表情を引き締めた。

「それは、本当のことなのかね？」

「本当です。嘘《うそ》や冗談《じょうだん》で、警察に来たりしませんよ。友人は、かなり精神的に追いつめられているようなので、早く保護してください。それじゃないと、苦労して自首するように説得した甲斐《かい》がなくなってしまう……」

発作的に自殺でもされたらどうするのだと、暗に仄《ほの》めかしながら金光は目の前の初老の刑事の決断を待った。

「そうだな、もう少ししたら影山警部も戻ってくるだろうから、そしたらすぐに指示を仰《あお》いで、きみの友人の保護に向かおう」

頷《うなず》く初老の刑事の様子に、とりあえずはホッとした金光だったが、背後から突然、「でも、少しでも早く迎えに行ってあげたほうがいいんじゃないですか？」と言う穏やかな若い男の声がかかったので、驚いてそちらのほうを振り向いた。

「だって、組織に追われてるんでしょう。危険なんじゃないですか？　梶原《かじわら》さん、僕が彼と一緒《いっしょ》に一足先に彼の友人のもとへ向かいますよ。梶原さんは、警部が戻ったらこの件を報告して、それから来てください」

中肉中背、身なりの小綺麗《こぎれい》な優男《やさおとこ》風《ふう》の若い刑事は、金光のほうに向き直ると、真剣な瞳《ひとみ》で「きみも、友達のことが心配だろ？」と尋《たず》ねた。

思わず反射的に頷いてしまった金光に、初老の刑事も「そうだなぁ……」と考え込むかのように頭を捻《ひね》った。

「そうだな、それじゃあ行ってくれるか？」

「はい」

若い刑事は初老の刑事に向かって頷《うなず》いた後、金光を振り返るとどこか謎《なぞ》めいた淡い微笑を浮かべたのだった。

「さぁ、行こうか。きみの、友達のところへ……」


金光が新宿南署についたのとほぼ同じ頃、静流も恵比寿《えびす》にある国塚のマンションに到着していた。

「国塚さん！」

玄関のドア、リビングのドア、国塚の自室のドアと、次々バンバンと開け放して恋人の姿を探し求めた静流だったが、そのどこにも国塚の姿が見えないので途方に暮れた表情で国塚の自室の真ん中で立ちつくした。

マンションには、ほかに静流が使っている客室と（静流が来るまでは、国塚のカメラの機材置き場になっていた）、暗室として使用している小部屋がある。

それではそのどちらかにいるのかと、静流は踵《きびす》を返して部屋を飛び出そうとしたが、ドアの前に当惑顔《とうわくがお》の国塚が立っていることに気づいて足を止めた。

「……ごめん、暗室のほうにいたんだ」

静流の真摯《しんし》な眼差《まなざ》しに苦笑を浮かべた国塚は、会わないでいたたった三日のあいだに、確かに少しやつれたように彼の目には映った。

何も言わない静流に、国塚の苦笑は深くなったが、不意に瞳《ひとみ》を和ませると「おかえり」と言って両手を広げた。

そして、目を見開く静流に、国塚は今度は苦笑ではない笑顔《えがお》を、その男らしく端正《たんせい》な顔に浮かべて言ったのだった。

「帰ってきてくれたんだろ？　俺のところへ……」

うんと頷《うなず》き、静流は国塚の両腕の中へと飛び込んだ。

「……ただいま」

三日ぶりの国塚の匂《にお》いと温《ぬく》もりに包まれて、静流は猫《ねこ》のように目を細めると満足げに微《ほほ》笑《え》んだ。

どちらかといえば本能で生きている静流にしてみれば、この三日間けっこう悩んだのである。

いつになくたくさん頭を使ったせいで、頭痛がするくらいだった。

けれど、どんなに悩んだところで、結局結論は一つだったらしいと、先刻《さっき》丹野と言い争って静流は思い知ったのだった。

（絶対に、誰にも渡さない……）

国塚が、自分から一歩引こうが、自分のことを重荷に思っていようが、そんなことはもうどうでもよかった。

このさい、国塚の思惑《おもわく》だって無視である。

大人の責任とやらも、くそくらえだった。

静流は国塚が好きだったし、国塚のそばから離れたくないのだから、あとは自分の信念に従って行動するのみである。

「国塚さん、俺は決めたからね」

「ん？　何をだ？」

自分にしがみついている静流のことを、宥《なだ》めるように両手で抱き締めながら国塚は首を傾《かし》げた。

「俺は、これから自分に正直に素直《すなお》に生きることにする。だから、国塚さんにどう思われても、俺は俺の気持ちに正直に、絶対に国塚さんから離れないからね。そんな俺のことを国塚さんが重荷に感じても、俺はもう知らない。覚悟してね。俺の本気は、きっと国塚さん以上に怖《こわ》いよ」

ニッコリと艶《あで》やかな笑顔《えがお》を見せながら、静流は国塚のシャープな線を描《えが》く顎《あご》の下へと唇《くちびる》を押しつけた。

「相変わらず、情熱的だな。ゾクゾクするよ」

笑いながら静流の長めの黒い髪を指先で梳《す》く国塚に、静流は綺麗《きれい》な弧を描《えが》く眉《まゆ》を軽く顰《ひそ》めると、今度は一転して心配そうに「身体《からだ》、寝てなくても大丈夫なの？」と尋《たず》ねた。

「……え？　ああ、丹野から聞いたのか。さっき薬も飲んだし、大丈夫だよ。俺も、もう年かな？　昔から比べると、やっぱ体力なくなってるみたいでさ。情けないな……」

ハハハと、言葉どおり少々情けなさそうに笑う国塚に、静流はキュッと下唇《したくちびる》を噛《か》んで俯《うつむ》くと、「心配かけてごめんなさい……」と素直《すなお》に謝った。

静流は、自分を心配して国塚が倒れたのだという丹野の嘘《うそ》を、微塵《みじん》も疑ってはいなかったのだった。

そんな静流の殊勝《しゅしょう》な様子に、国塚のほうは内心で『いったい丹野は静流に何を言ったのだ？』と一抹《いちまつ》の不安を覚えていたのだが、そこはさすがに年の功で表情には出さなかった。

「いいさ、もともと俺が静流に勘違《かんちが》いされるようなことを言ったのが悪いんだから。ただし、一つ言い訳させてもらうと、あれは静流を『怖《こわ》い』って言ったんじゃなくて、俺自身が今まで経験したことのない感情に振り回されてて、それが『怖い』って言ったつもりだったんだ。それだけはいちおう、わかっててくれよ」

静流はコクリと頷《うなず》くと、ホッとしたように国塚の肩口へと額を擦《こす》り付《つ》けた。

「……ねぇ、国塚さん。俺、今度国塚さんの子供の頃の話が聞きたい」

「いきなりどうしたんだ？」

静流のいささか唐突な申し出に、国塚は不思議そうな表情になったが、静流はそれにかまわずに「絶対に聞かせてよ。約束だからね？」と強い口調で念を押した。

国塚は戸惑《とまど》った様子を見せたが、結局は静流に押しきられて頷《うなず》いた。

(俺は、絶対に丹野さんには負けないからな！)

先刻《さっき》の、宣戦布告とも取れる丹野の台詞《せりふ》の数々に静流が憤《いきどお》っていることも知らず、国塚は静流を抱き締めたままで「そういえば……」と呟《つぶや》いた。

「静流、この三日間大学にも行かないで渋谷で何をやってたんだ？」

なんで国塚がそんなことを知ってるんだと一瞬呆然《いっしゅんぼうぜん》となった静流だったが、それと同時にそういえば、どうして丹野も自分があそこにいることを知っていたのだという疑問に到達して、不審《ふしん》そうに恋人の端正《たんせい》な顔を覗《のぞ》き込《こ》んだ。

「国塚さん、どうしてそんなこと知ってるの？」

国塚は、静流の頭を幼《おさな》い子供にするようにスルリと撫《な》でると、「影山から聞いた」と溜《た》め息《いき》混じりに答えた。

「危ないことに首を突っ込んでるみたいだから、早くやめさせてくれと怒られた」

そういえば、警察も『ミラー・ハウス』を張っているようなことを金光が言ってたなと思い出したところで、静流は「あっ！」と大きな声を張りあげた。

「うわっ、ヤバい……！　俺、こんなことしてる場合じゃなかった！」

　こんなこととは失敬なと眉《まゆ》を寄せた国塚が、滅多《めった》に見ることのできない取り乱す静流を目の前にして、当惑《とうわく》した口調で「どうかしたのか？」と尋《たず》ねてくるのに、静流は大慌《おおあわ》てで迫田と岡崎のことを説明した。

「……静流の友達が、迫田と同じ組織で売人をやってたってのか？」

「そう。それだけじゃなくて、迫田を××組に売った奴《やつ》の顔を見ちゃって、命狙われてるんだよ！」

　国塚は、その静流の言葉に突然血相を変えると、静流の両肩を摑《つか》んで「それは、本当か？　名前は？　何をやってる奴なのかわかってるのか？」と矢継《やつ》ぎ早《ばや》に質問をした。

「え？　名前は知らないって言ってた……。でも、岡崎の話では、そいつは刑事だっていうんだ。組織に潜入捜査《せんにゅうそうさ》で入り込んでた、刑事らしいって……。だから、自首したくても警察を信用できないから助けてくれって岡崎に言われて、それなら影山さんに相談してみようって話になったんだ。たぶん、今頃金光が影山さんのところに行ってるはずだよ」

「影山のところろ？　ってことは、新宿南署に行ってるのか……？」

　静流には、国塚が何故《なぜ》これほどまでに衝撃を受けているのかがわからなかった。

「国塚さん、何？　どうしたの？」

　怪訝《けげん》そうに顔を覗《のぞ》き込《こ》んだ静流を、国塚は鋭い眼差《まなざ》しで見下ろすと、硬い口調で「その刑事の外見的特徴は？」と質問した。

「まだ若くて、優男風《やさおとこふう》だったって言ってたけど……」

国塚は静流の答えを聞くと、チッと低く舌打ちをして玄関へと向かった。

「国塚さん、どこ行くの？」

「……新宿南署だ」

慌《あわ》てて国塚の後を追った静流だったが、どう考えても尋常《じんじょう》ではない様子の国塚に不安になって、その腕を縋《すが》るように摑《つか》んだ。

「ねぇ、どうしたのか説明してよ？」

「……影山に確認しないとはっきりしたことはわからないが、もしかすると、おまえの友人ヤバいかもしれん」

国塚の真剣な顔に、静流は呆然《ぼうぜん》としながら「どういうこと？」と呟《つぶや》いた。

「だから、例の組織に潜入《せんにゆう》捜査《そうさ》をしてた所轄《しよかつ》ってのが、新宿南署なんだよ」

靴を引っかけただけで玄関を飛び出した国塚の言葉に、静流は大きく目を瞠《みは》った。

「それじゃあ、まさか……」

ようやく国塚が言っている意味に気づいた静流は、ゾッとしたようにその場に一瞬《いっしゅん》立《た》ち竦《すく》んだ。

「そうだ……。俺はいちおう、影山のことは信じてるが、下手《へた》をすれば助けを呼びにいった友達のほうも危ない」

　岡崎だけではなく、金光まで……？

（そんなこと、絶対に許さない）

「……わかった。国塚さん、今ならまだ間に合うかもしれない。急ごう……」

　静流の瞳《ひとみ》に固い決心が浮かぶのを見て、国塚も表情をいっそう引き締めると「ああ」と頷《うなず》いたのだった。


「……うん。うん、わかった……。うん……。ああ、じゃあ後でな……」

　金光は、携帯《けいたい》をきると、少しのあいだ考え込むかのように黙り込んだ。

　それは、車を運転していた若い刑事が、訝《いぶか》しげな様子で「どうかしたのかい？」と尋《たず》ねるまで続いた。

「いや、じつは岡崎の奴《やつ》からだったんですけど、あいつどうしても必要なものがあるから買ってきてくれって言うんですよ。ついでに、腹もへってるから食い物も買ってこいって。まったく、緊張感のない野郎だ……」

　呆《あき》れたように苦笑した金光に、運転席の佐倉《さくら》という名の若い刑事も、つられたように苦笑を浮かべた。

「でもまぁ、お腹《なか》がすくのは仕方ないよ。いいじゃない、何か買っていってあげようよ。

コンビニでよかったかい？」

一見すると刑事には見えない佐倉の穏やかな物言いに、金光は申し訳なさそうに頭をかくと「すみません」と呟《つぶや》いた。

「できれば、食料品から衣料品まで幅広く売ってるデパートがいいんですけど」

「デパート？　それはまたどうしてだい？」

不思議そうに首を傾《かし》げる佐倉に、金光はひどく言いにくそうに口を開いた。

「あいつ、風呂《ふろ》もトイレもないとこに、ろくに着替えも持たないで一週間以上閉じこもってたから、そのまぁ、汚いというか臭いというか……。とても、人前に出られる状態じゃないらしいんですよ……」

この金光の説明には、佐倉もなるほどと納得した。

「……ああ、だから衣料品？」

「ええ。あと、剃刀《かみそり》と石鹸《せっけん》も欲しいらしいです。まったく、我がままなんだから。自分の立場、絶対にわかってないよなぁ、あいつ……」

溜《た》め息《いき》をつく金光に、佐倉はやはり穏やかな声音で「いいじゃない」と言って笑った。

「どこか、ここらへんでデパート探そうか。そんな我がままな電話をかけてくるくらいなら、岡崎くんまだ元気そうだし、少しくらい遅れても大丈夫だよ」

「……だと、いいんですけどねぇ」

どこか皮肉げに呟《つぶや》く金光の様子に、佐倉は気づいていないようだった。

結局、どうにか途中でそれらしい店を見つけて車を停《と》めると、車内に佐倉を残して金光は一人買い物へと出かけた。

できるだけ時間をかけて、衣料品と食料品を選び、最後に電気用品売り場で自分のために百二十分用のカセットテープを一本金光は買った。

それを、トイレで録音再生用のヘッドホンステレオの中へセットした後、時計で時間を確認してから携帯《けいたい》にすでに番号を登録済みの友人のもとへコールする。

コール音三回で出た相手に、金光はいつもの飄《ひょう》々《ひょう》とした口調で「言われたもの、全部買ったよぉ」と報告した。

「……うん、そうだね。今からそっちに向かったら、たぶんつくのはそれくらいかな。うん、わかってる。大丈夫だから、心配しないで。それじゃあ、また後でね」

電話を切った後、一度大きく深呼吸をした。

どうやら、金光には珍しく少々緊張していたらしい。

「さて、行きますかね」

気合いを入れ直すように、わざと声に出してそう呟《つぶや》くと、金光は両手に店のロゴがついたビニール袋をさげてトイレを後にしたのだった。

少し離れた場所から、金光は車の中でぼんやりしている佐倉の姿を窺《うかが》った。

普段、静流のような人並みはずれた美形を間近にしているせいで、金光の美意識のレベルはかなり高かったが、そんな審美眼のある金光の目から見ても、佐倉の容姿はけっこう整っていると言ってもよかった。

(どう見ても、刑事には見えないよな)

「すみません。おまたせしてしまって……」

そんなことを考えながら声をかけると、佐倉はハッと我に返った様子で金光を見て、きまり悪げな笑顔《えがお》を浮かべた。

「いや、思ってたよりも早かったよ。どう？　ちゃんと買い物できた？」

「まぁ、なんとか……。俺の選んだものに、文句は言わせませんよ」

きっぱりと言い切った金光に、佐倉は今度は明るく笑いながら助手席のドアを開けてくれた。

「……だけど、きみのような友達がいたのに、なんで岡崎くんはそんな真似《まね》をしてしまったんだろうね？」

車を発進させながら、佐倉はどこか悲しいような切ないような、そんな複雑な表情でそう言った。

「さぁ……。結局、岡崎は自分の弱さに負けてしまったんじゃないかな。俺は岡崎じゃないから、あいつが本当はどんなことを考えてたかなんて知りませんけどね」

そう、人間は結局は一人きりなのだと金光は思った。

どんなに相手のことが好きで、理解したいと思っていたところで、超能力者でもない限り、その相手の考えていることが百パーセントわかることなどあるわけないのである。

(それどころか、自分自身が何を考えてるのかさえわかんない時があるくらいだからな)

岡崎が転落した気持ちを、金光がわかるわけなどなかった。

「そう？　けっこうドライなんだね」

ハハハと、眉尻《まゆじり》を下げて笑う佐倉に、金光はチラリと視線を流すと、「だって……」と呟《つぶや》いた。

「普通そうじゃないんですか？　友達に限ったことじゃなく、親兄弟や好きな相手に対してだって同じですよ。超能力者でもない限り、他人の思ってることを全部わかることなんて不可能でしょう。

だから、その場限りの慰めや話のノリで、『わかるよ』なんて俺には言えないです。まして やそれが、なんらかの『罪』を犯した相手の気持ちなんですから、不用意に『わかる』なんて言っちゃったら、それこそ問題でしょ？」

「え……。うん、まぁ、そーかなぁ……」

金光の思いのほか強い口調の台詞《せりふ》に、佐倉はやや困惑《こんわく》した表情になった。

「それとも、佐倉さんはわかるんですか？　大切な人の気持ちや、犯罪者の気持ちが？」

妙に突っかかるような口調になってしまったことに途中で気づき、金光はすぐに「すみません。ついムキになって、変なこと訊《き》いちゃいましたね」と謝罪の言葉を続けた。

「いや、いいんだ……。確かに、きみの言うとおりかもしれない。相手のことをいくらわかったつもりでいても、それが本当にその相手の望んでいることなのかどうかなんて、しょせん他人にわかるわけないもんね。理解できてるなんて思うのは、単なる自己満足なのかもしれない……」

そんなことを言いながら表情を陰らす佐倉に、金光はあえてその件についてはもう何も答えなかった。

かわりに、今度は明るい口調で「佐倉さんは、どうして刑事になろうと思ったんですか？」と金光は話題を変えた。

話題を変えた金光を特に不審《ふしん》に思った様子もなく、佐倉は小首を傾《かし》げると微《かす》かに照れた表情で微笑《ほほえ》んだ。

「義兄《あに》に、憧《あこが》れてたからかな……」

「オニイサン、ですか？」

金光が不思議《ふしぎ》そうに尋《たず》ねると、佐倉は頬《ほお》を染めて少年のような眼差《まなざ》しで頷《うなず》いた。

「うん……。実の兄じゃなくて、姉の旦那《だんな》さんだった人。僕にとっては義理のお兄さんになるんだけど、その人が刑事でね……。真面目《まじめ》で優《やさ》しい人で、なんかいつも颯爽《さっそう》と仕事してる姿がカッコよかったんだ。だから僕も、義兄のような刑事になりたいと思ったんだけど……。やっぱり、全然駄目《だめ》だったなぁ」

エヘへと自嘲《じちょう》するように笑う佐倉に、金光は眼鏡《めがね》の奥で目を眇《すが》めた。

「どうして過去形なんですか？」

「え、なんのこと？」

本当に金光の言葉の意味がわからないらしく、佐倉は怪訝《けげん》そうに助手席の金光のことを振り返った。

「『姉の旦那《だんな》さんだった人』『カッコよかったんだ』『義兄《あに》のような刑事になりたいと思ったんだけど』『全然駄目だったなぁ』」

佐倉の先刻《さっき》の台詞《せりふ》の中から、金光は過去形で語られた部分をゆっくりと一言一言抜き出して繰り返した。

「ほら、全部過去形です。もしかして、お義兄《にい》さん亡《な》くなられたんですか？」

ようやく金光の台詞の意味に気づいたらしい佐倉は、苦い笑いを口元へ浮かべると首を振った。

「いや、義兄は生きてるよ。亡くなったのは、僕の姉のほうなんだ……」

一瞬《いっしゅん》、気づまりな沈黙が車内を包み込んだ。

「……すみません。俺、無神経なこと訊《き》いちゃって……」

反省したようにポリポリと頭をかく金光に、佐倉は「いいんだよ」と言って笑った。

一目で無理をしているとわかる佐倉の笑顔《えがお》に、さすがに金光の心中にも罪悪感めいた感情が浮かぶ。

「本当に、すみません。調子にのって、余計なことばかり喋《しゃべ》っちゃって……。俺、もう静かにしてますから、運転に集中してください」

ペコリと頭を下げると、金光は佐倉に背中を向けて窓のほうへと向き直った。

窓硝子《まどガラス》には、どこか思案深げな佐倉の横顔が映っていた。

「金光くん、そのままの状態でいいから、僕の話を聞いてもらってもいいかな？」

「ええ、どうぞ」

金光は、窓硝子の中の佐倉に向かって返事をした。

「亡《な》くなった姉と僕とは、二人っきりの姉弟《きょうだい》だったんだ。両親は僕が中学生の時に事故で亡くなって、年の離れた姉が僕の母親代わりだった。姉は一生懸命に働いて僕を大学まで行かせてくれて、僕が大学に入った年に刑事だった義兄《あに》と結婚した。

義兄は仕事は優秀だったけど、性格は武骨《ぶこつ》で不器用で優《やさ》しい人でね。優しくて働き者の姉とは、とても似合いの夫婦だったよ。結婚した翌年には姉夫婦のあいだに娘が生まれて、それまで家族は姉しかいなかった僕にもう一人血の繋《つな》がった家族が増えたんだ。姪《めい》っ子《こ》が生まれた時は、とても嬉《うれ》しかったことを覚えてる。

たぶん、その頃が一番幸せだったと思う。優《やさ》しい姉と義兄と、可愛い姪《めい》っ子《こ》に囲まれて暮らしていたその頃が……。でも、そんな幸せは長く続かなかったけどね。

姉と姪っ子が交通事故で亡くなったのは、僕が大学四年の冬だった。僕が、義兄と同じ刑事になることが決まって、そのお祝いのための買い物に出た帰り道で、酔っ払い運転の対向車と正面衝突して二人とも即死だった。

知ってる？　本当に悲しい時って、涙が出ないんだよ。姉と姪っ子をいっぺんに亡《な》くして放心する僕を励《はげ》ましながら、後のことは義兄《あに》が全部やってくれた。義兄がいなかったら、たぶん、僕は今頃生きてなかったかもしれない。

この世で血の繋《つな》がりのあった二人の家族を亡くして、僕のそばに残ったのは血の繋がりのない義兄だけだった……。でも、僕にとっての家族は今、その血が繋がってない赤の他人の義兄だけなんだ。

義兄には、本当に一生かけても返しきれないほどの恩がある。少しでも優秀な刑事になって、義兄に恩返しをしたいと思ってるんだけど、これがなかなか難しくてね。有能な義兄のようには、到底なれそうにもない。情けない話なんだけどね……」

自嘲《じちょう》するように微笑《ほほえ》む佐倉を、金光は静かな表情で振り返った。

「……大丈夫ですよ」

「え？」

驚いたように目を瞠《みは》る佐倉に、金光はニッコリと頷《うなず》いた。

「あなたには、まだこれからいくらでも可能性があるでしょ。諦《あきら》めたら駄目《だめ》だ」

穏やかに諭《さと》すように言葉を紡《つむ》ぐ金光に、佐倉は一瞬《いっしゅん》虚《きょ》をつかれたような表情になった。

しかし、ふっと目を伏せると「そうだろうか……」と呟《つぶや》いた。

「僕にも、まだ可能性なんてあるんだろうか」

「ありますよ。まだ若いんだから、ね？」

佐倉よりも年下の金光のその台詞《せりふ》に、佐倉は苦笑しながらも「ありがとう」と頷いた。

「きみは、面白《おもしろ》い子だね」

「ああ、そーですね。よく言われます」

ニャハハと笑った金光だったが、周囲の風景を見て目的地が近づいていることに気づくと表情を引き締めた。

「佐倉さん、そろそろここらへんだと思います」

「うん、そうみたいだね……」

再び表情の硬くなる佐倉を横目に、金光は内心で『よしっ！』と気合いをいれたのだった。

「おーい、岡崎ぃ！　心優《こころやさ》しい金光様が、迎えに来てやったぞー！　いたら、返事しろー！」

　岡崎の言っていた廃工場は、意外に簡単に見つかった。

　時間帯はすっかり夕暮れなせいもあって、おそらく日中でも薄暗いのだろう廃工場の中はかなり視界が悪かった。

「やっぱ、懐中電灯《かいちゅうでんとう》持ってきて正解だったですねぇ」

「それ、さっきの店で買ったのかい？」

「そうです。備えあれば憂《うれ》いなしです」

　段ボールや賞味期限の切れた菓子《かし》やらが散乱している工場の床を照らしながら、金光は佐倉を先導するように前を歩いていた。

「おーい、岡崎！　返事しろ、ボケぇ！」

　友人を罵《ののし》りながら歩く金光の姿に、背後で佐倉が失笑している気配がする。

「金光くん、ほら天井のあそこからわずかに灯《あか》りがもれてるけど……」

「そーいえば、二階にいるようなこと言ってたっけ」

　佐倉の指差す方向に懐中電灯の灯りを向けると、そこに階段があることがわかった。

　狭くて急な階段に眉《まゆ》を寄せながら、金光は片手にビニール袋をさげ、もう片方の手に懐中電灯を持って階段を上り始めた。

「佐倉さん、足下《あしもと》気をつけてくださいね」

「……うん、ありがとう」

背後の佐倉を気遣《きづか》いながら、ゆっくり階段を上った金光は、ほとんど真っ暗だった一階とは違い、仄《ほの》かな灯《あか》りに照らされた二階の室内を見回した。

一階同様に段ボール箱が山積みされていたが、部屋の隅《すみ》には簡易ベッドらしきものがいくつか並んでいる。

以前は工員の休憩室か仮眠室だったのかもしれない。

「岡崎、いるなら出てこいよ」

室内の灯りの源は、床に置かれたキャンプなどでよく使用される簡易ランプだった。

部屋の中に、自分たち以外の人間がいることは間違いなかった。

「か、金光か……?」

部屋の隅にたくさん積まれた段ボールの陰から、長身の若い男が姿を現す。

確かに薄汚れていてやつれてはいたが、思っていたよりも元気そうだと金光はしばらくぶりに見る友人の姿にホッとした。

「まったく、あんまり心配かけんなよ。ほら、刑事さん来てくれたんだぜ」

自分の背後に隠れるようにして立っていた佐倉の姿を、岡崎に見えるように金光は脇《わき》にどいた。

「あっ、あんた……！」

途端に恐怖に強張《こわば》る岡崎の様子に顔を顰《しか》めた瞬間《しゅんかん》、金光の後頭部にガッ！　と思いきり固いもので殴《なぐ》られたような衝撃が走った。

痛みに床に頽《くずお》れる金光に、佐倉は悲しげな表情で「ごめんね……」と謝った。

「きみのことはけっこう気に入ってたんだけど、馬鹿《ばか》な友達を持ったと思って諦《あきら》めてよ。大丈夫、きみのことは彼を始末した後で苦しまないようにあの世に送ってあげるから」

遠退《とおの》きかける意識を必死で手繰《たぐ》り寄《よ》せながら、金光は埃《ほこり》っぽい床に頬《ほお》を押しつけたままで「何が大丈夫だ……！」と毒突《どくづ》いた。

「ねぇ、岡崎くん。きみも馬鹿だよね。僕は本当に、きみのことを見逃してあげようと思ってたのに……。でも、もう遅いね。ほかの人が来る前に、きみのこと始末しないとならなくなっちゃった。

きみは組織の人間に殺されるんだよ。僕は、あと一歩で間に合わなかった。工場の前できみを殺した奴《やつ》と鉢合《はちあ》わせするけど、僕は格闘《かくとう》の末に気絶させられて、一緒《いっしょ》にいた金光くんも殺されてしまう。犯人は、最後にこの工場に火を放って逃走……。まぁ、そんなところかな？」

佐倉は、うっすらと微笑《ほほえ》みながら、握っていた拳銃《けんじゅう》の撃鉄《げきてつ》を上げた。

「や、やめてくれ！　絶対に、あんたのことは誰にも話さないから。だから殺さないでくれよぉ……」

怯《おび》えて錯乱《さくらん》する岡崎の姿を霞《かす》む視線の先に捉《とら》えて、金光は小声で「情けないぞぉ、岡崎ぃ……」と呟《つぶや》いた。

そうして、どうにか片肘《かたひじ》を立てて半身を起こすと、傍《かたわ》らに転がっていたビニール袋へと金光は手を突っ込んだ。

佐倉は岡崎のほうに集中しているので、足下《あしもと》の金光にまでは注意が回っていないようだった。

手探《てさぐ》りでようやく目当てのものを取り出すと、金光は「佐倉さん……！」と目の前の刑事の名を呼んだ。

驚いたように相手が振り向いた瞬間《しゅんかん》、手の中のものをぶちまける。

「うわっ！　何？　胡椒《こしょう》……？」

茶色の粉末をもろにかぶって咳《せ》き込《こ》む佐倉のそばで、自らも余波をくらって咳き込みながら、それでも金光は岡崎に向かって「逃げろ！」と叫《さけ》んだ。

ことの成り行きに啞然《あぜん》としていた岡崎が、その金光の一言で走り出すのに、佐倉が咳き込みながら「待て！」と叫んで後を追おうとした。

しかし、突然あたりが明るくなったかと思うと、段ボールの陰からバラバラと数人の男たちが躍り出てきて、佐倉と岡崎のあいだに立ちふさがった。

「……なっ」

腕を取られて、佐倉の手から拳銃《けんじゅう》が床へと滑り落ちる。

「佐倉、詳しいことは署で事情を聞こう……」

佐倉を囲むようにして立っている男の一人は、先刻、新宿南署で金光の応対をしてくれた初老の刑事だった。

「……どうして、こんな馬鹿《ばか》なことを……」

呆然《ぼうぜん》と立ちつくす佐倉の手に手錠《てじょう》をはめると、初老の刑事は悲痛な表情で溜《た》め息《いき》をついた。

「金光、大丈夫だったか？」

気がつくといつの間にか、脱力したように床に座《すわ》り込《こ》んでいた金光のそばには静流が立っていて、その綺麗《きれい》な顔に心配そうな表情を浮かべて彼の顔を覗《のぞ》き込《こ》んでいた。

「おっせぇよ、静流ちゃん。俺、危うく殺されそうだったんだぜ」

静流の隣《となり》には、何度か顔を見たことだけはある長身で男前のカメラマンと、こちらは初めて顔を見る、目つきの鋭いガッシリした体格の男が立っていた。

二人とも、初老の刑事以上に悲痛な表情を浮かべていた。

「ごめんなぁ。でも、おまえ目茶苦茶カッコよかったよ」

微笑《ほほえ》む美貌《びぼう》の友人から照れたように慌《あわ》てて視線を逸《そ》らすと、金光は殴《なぐ》られた後頭部をさすりながら、同僚《どうりょう》の刑事たちに取り囲まれている佐倉のほうへと視線を向けた。

どうやら岡崎も無事に保護されたらしく、刑事の一人に肩を抱かれるようにして神妙にしている。

「……洋祐《ようすけ》。いったいどうして……？」

憂《うれ》いに満ちた低い声は、金光の背後にいた目つきの鋭い男からのものだった。

その声に振り返った佐倉が、泣きそうに顔を歪《ゆが》めて「義兄《にい》さん……」と呼ぶのに、金光はようやくその男が佐倉の義兄である影山だと知ったのだった。


静流と国塚が新宿南署についた時、影山はちょうど外出から戻ってきたばかりだった。

「影山てめぇ！　知ってて隠してたんだとしたら、俺はおまえを軽蔑《けいべつ》するからな！」

いきなりすごい剣幕《けんまく》で署内に飛び込んできたかと思うと、ほとんど喧嘩腰《けんかごし》で国塚に胸ぐらを掴《つか》まれて、影山は冷静な彼には珍しく激しく動揺《どうよう》した。

「なんなんだ、いきなり……？　落ちつけ国塚、いったい何をそんなに怒ってるんだ？」

「……佐倉はどこに行った？」

え？　と目を見開く影山に、国塚は再び佐倉の所在を彼に問《と》い質《ただ》した。

「佐倉だよ。どこへ行った？」

「国塚さん、金光やっぱりもうここに来たみたいだよ。それで、佐倉さんって刑事さんと一緒《いっしょ》に岡崎のこと迎えに行ったって」

　影山が答える前に、国塚の背後から駆けてきた、一度見たら忘れられないほどの美貌《びぼう》の青年がその国塚の問いに答えた。

「ちっ、俺の思い描《えが》いたまさに最悪なパターンだな。静流、急いでその金光とかいう友達に連絡して、なるだけどこかで時間稼《じかんかせ》ぎしてから、その岡崎とかいう奴《やつ》のところへ向かえって指示しろ。一緒《いっしょ》にいる佐倉には、絶対にバレないように上手《うま》くやれって注意することを忘れるなよ」

　国塚の指示を、静流は真剣な眼差《まなざ》しで必死で聞き終えると「うん」と頷《うなず》いた。

「大丈夫だよ。金光は頭がいいから、絶対に上手くやってくれる」

「そうなのか？」

「うん。俺の百倍は頭いいんだ」

「……そうか、だったら大丈夫だな」

　ようやく表情を和らげると、国塚は静流の頭をポンと叩《たた》いて金光に至急連絡するようにと促した。

　携帯《けいたい》をかけるために静かな場所を探して部屋を出ていく静流の後ろ姿を、ただ呆然《ぼうぜん》と見送っていた影山だったが、自分を見つめる国塚の視線に気づいて振り返った。

「国塚、俺にもわかるように説明してくれないか？　いったい、佐倉が何をしたっていうんだ？」

影山は、本当にわけがわからなかった。

自分は外出から戻ったばかりで、まだ部下からの報告さえ聞いていないのである。

それに、つい数時間前に国塚と会った時は、彼はべつに何も言っていなかった。

そのたった数時間のあいだに、いったい何があったのだと、影山は精悍《せいかん》な顔を顰《しか》めながら考えたのだった。

「……影山、俺は先刻《さっき》おまえに会った時に、迫田の件を××組に流したのはおまえじゃないのか？　って尋《たず》ねたよな」

「ああ……。でも、それに関しては俺は潔白《けっぱく》だと言ったはずだ」

国塚は、それはわかっていると頷《うなず》いた。

「あれからちょっといろいろあって、真犯人がわかったんだよ。ちなみに、それを証言できる証人もいる」

「なんだって？」

目を瞠《みは》る影山に、国塚は端正《たんせい》な顔を歪《ゆが》めながら口を開いた。

「迫田が組を裏切っていることを××組に流したのは、その当時迫田のいた麻薬組織《まやくそしき》で潜入捜査《せんにゅうそうさ》をしていた佐倉洋祐。そして、佐倉が××組に迫田の情報を流す現場にたまたま居合わせたのが、迫田とは舎弟《しゃてい》のような関係にあった岡崎賢吾《けんご》。

岡崎は静流の学友で、静流に警察に自首したいと訴えてきた。それで、静流と静流の友達が俺の友人であるおまえが勤める新宿南署に、岡崎を保護してくれるように頼《たの》むことにしたんだ。岡崎は、佐倉が刑事だということは知ってたが、名前も所轄《しょかつ》も知らなかったんだな。そのために現在、佐倉から逃げている岡崎を、佐倉自身が迎えに行くという愉快《ゆかい》な事態が起きてるってわけだ」

影山は、国塚の話の内容には当然顔色を変えたが、それでもすぐにはその話を鵜呑《うの》みにする気にはなれなかった。

「……待ってくれ国塚。いったいどういう経緯で、佐倉はその岡崎という名の青年を迎えに行くことになったんだ？」

「あ、警部。それに関しては私のほうから報告します」

おそらく、影山と国塚のやりとりをずっと聞いていたのだろう梶原という名の初老の刑事が、影山のその台詞《せりふ》を聞いた途端に足早に駆け寄ってきた。

「先刻《さっき》、こちらに保護を申し出ている岡崎青年の友人が、どなたか一緒《いっしょ》に彼を迎えに行ってほしいと依頼《いらい》にやって来ました。最初に応対に出たのは私で、私は警部が戻ってから指示を仰《あお》いで、それからその岡崎青年を迎えに行くつもりだったんですが……。

そばで話を聞いていた佐倉が、それでは手後れになるかもしれないから、自分が先にその友人の青年と岡崎青年を迎えに行くと言い出しまして……。私も確かにそれも一理あると思ったので、佐倉に先に向かうように許可しました」

　申し訳なさそうな表情でそう説明する梶原には、罪はない。

　影山は、眩暈《めまい》をこらえるように眉間《みけん》を指で押さえると、国塚に向かって「本当なのか？」と尋《たず》ねた。

「とりあえず、俺は自分の知ってることだけを喋《しゃべ》ってるだけだ。証拠《しょうこ》や動機を探《さぐ》るのは、おまえらの仕事だろう。どっちにしても急がないと、大切な証人が消されちまうことになるぜ。それに、俺にはよくわからないけど、××組に迫田のネタを流した程度の罪ならまだしも、殺人は重罪だろ？　それも下手すれば、二人死ぬことになるぞ」

　証拠を握る岡崎と、その岡崎のもとへ佐倉と一緒《いっしょ》に同行している金光。

　二人の青年の命が危ないかもしれないのだと知り、影山は表情を険しくした。

「だが、いったい何故《なぜ》佐倉が……」

「そりゃあ、死んだ姉貴と姪《めい》っ子《こ》の敵討《かたきう》ちじゃねぇのか。おまえの死んだカミさんの弟なんだってな？」

　知っていたのかと、影山は覚悟を決めたように瞼《まぶた》を閉じて頷《うなず》いた。

「……今じゃあ、実の弟みたいなもんだ」

「だったら、なおさら止めてやんないとな」

　思いもしなかった優《やさ》しい声音に、影山は驚いたように目を開いた。

目の前の友人が、どこか痛いような表情で自分を見ているのに、影山は不思議そうに「国塚……？」と名を呼んだ。

「おまえが、あんまり悲しそうな顔してるから、こっちまで辛《つら》くなる。本当に、知らなかったんだな、おまえは……。何度も疑ってすまない……」

気遣《きづか》う眼差《まなざ》しに、「いや」と首を振る。

「国塚さん、金光に連絡ついたよ！　できるだけやってみるって！　わかったって！　それから俺、今思い出したんだけど、あの佐倉って刑事を前に大学で見かけたことがあるんだ！　岡崎と二人で話しているところをさ！」

携帯《けいたい》を片手に部屋の中に駆け込んできた静流の叫《さけ》びに、影山は署内に残っていたほかの刑事たちを振り向くと、低い声で「先回りするぞ」と告げたのだった。

「……でも俺は、それでもどこかでおまえじゃないと信じてた」

金光の奮闘《ふんとう》のおかげて、国塚たちは佐倉よりも一足先に岡崎が身を隠している廃工場に到着することができた。

乗ってきた二台の車を隣《となり》の倉庫へと隠し、佐倉と金光がやってくるのを息を殺して待っていた。

すっかり身も心も疲れ果てていた岡崎は、彼らの指示に素直《すなお》に従った。

しかし、それでもやはり佐倉を目の前にした時は動揺《どうよう》したらしく、金光ともどもなかなか迫真の演技となり、佐倉はすっかり騙《だま》されたらしかった。

結局、殺人未遂《さつじんみすい》の現行犯逮捕となった義弟に、影山は悲痛な表情で向き直った。

「何故《なぜ》、こんなことをしたんだ……？」

義兄の問いに、一時の激情が去ったらしい佐倉は静かな表情で「憎かったんです」と答えた。

「潜入捜査中《せんにゅうそうさちゅう》に、たまたま迫田が××組から麻薬《まやく》を横流ししていることを知りました。姉さんと和美《かずみ》を殺したあいつの顔を、僕は今まで一度も忘れたことなんてなかった。僕と義兄《にい》さんが、あれから四年が過ぎた今でもあの事故のことを忘れられずにいるというのに、迫田が毎日チャラチャラしながら生きているのを見たら、どうしても許せなくなったんです。

あんな奴《やつ》、死んでしまえばいいと思った。目の前から消えてなくなれば、少しは僕の気持ちも楽になれるかなと思った……。義兄さんも、少しは楽になれるかなって……。

でも、駄目《だめ》でしたね。僕は結局、あなたを楽にさせるどころか、苦しめて悲しませただけだった。本当は姉さんのように、あなたを支えて、あなたと寄り添うように生きていきたかったのに……」

涙で滲《にじ》んだ大きな瞳《ひとみ》で影山を見つめると、佐倉はニコリと微笑《ほほえ》んだ。

目を細めた瞬間《しゅんかん》、彼の白い頰《ほお》を透明な涙が幾筋も伝った。

見ているほうが泣きたくなるような、そんな切ない笑顔だった。

「洋祐……」

続く言葉の見つからない影山から、佐倉はゆっくりと視線を逸らすと、彼の細い身体《からだ》はグラリと背後に傾《かし》いだ。

「おい、佐倉！」

「どうした、大丈夫か？」

慌《あわ》てて倒れかかる身体を支えようとした同僚《どうりょう》刑事たちに、佐倉は急に反転すると体当たりをして床に転がった。

「……洋祐！　やめろ！」

影山が叫《さけ》びながら駆け寄ろうとするのに、佐倉は「来ないで！」と怒鳴《どな》った。

佐倉の手には、先ほど自分の手から滑り落ちた拳銃《けんじゅう》が握られていた。

こんなにたくさん刑事がいるのに、そんな危険な物を誰も拾ってなかったのかと、国塚は呆《あき》れ半分の憤《いきどお》りを感じたが、傍《かたわ》らに立っていた静流がさりげなく場所を移動するのに気づいて、まさかと眉《まゆ》を寄せた。

「ごめんなさい……。あなたにまで迷惑《めいわく》をかけることになって、もう僕には生きてる資格なんてないから……」

カチリと物騒《ぶっそう》な音をたてて拳銃《けんじゅう》の撃鉄《げきてつ》を起こすと、佐倉は涙を流しながらそれを己のこめかみへと押しつけた。

「……さよなら」

室内に緊張が張りつめた瞬間《しゅんかん》、静流の長い脚《あし》が佐倉の拳銃を握っていた手に、ものの見事にクリーン・ヒットしていた。

ガンと容赦《ようしゃ》なく蹴《け》り上《あ》げられて、佐倉の手から拳銃が吹っ飛ぶ。

それを今度こそ慌《あわ》てて回収する刑事たちを横目に、静流はその綺麗《きれい》な顔に激しい怒りの表情を浮かべて「甘えてんじゃねぇよ！」と怒鳴《どな》っていた。

「あんたは死ねば楽になるかもしれないけど、残された人間はどうすんだよ！　一人で勝手に悲劇のヒーロー気取ってんじゃねぇよ！　あー、ムカツク！」

静流の剣幕《けんまく》に、佐倉も影山もほかの刑事たちも、みんな呆然《ぼうぜん》として硬直していた。

そんな中、国塚だけは一人、内心で宙を仰《あお》いでいたのだった。

（……やると思った）

それでもどうにか、その場の誰よりも早く立ち直った国塚は、いまだに呆然としている影山の肩を叩《たた》きながら、床に座《すわ》り込《こ》んでいる佐倉へと優《やさ》しく微笑《ほほえ》んだ。

「佐倉くん、静流の言うとおりだと思うよ。きみが死んだら、少なくともここに悲しむ奴《やつ》が一人いることを忘れないでやってくれ」

国塚の台詞《せりふ》に我に返った影山は、焦《あせ》ったように何度も「そうだ」と頷《うなず》くと、不意に肩の力を抜いて床にしゃがみ込み、義弟の手を取った。

「……洋祐、俺は待ってるから。だから、馬鹿《ばか》なことは考えないでくれ。頼《たの》むから、俺を一人にしないでくれ……」

「義兄《にい》さん……」

涙を流しながら見つめ合う二人に、とりあえずはこれにて一件落着と国塚は溜《た》め息《いき》をついた。

しかし、傍《かたわ》らで仁王立《におうだ》ちになっていた静流が、秀麗《しゅうれい》な眉《まゆ》を顰《ひそ》めて「忘れてた……」と呟《つぶや》くのに、国塚は再び嫌《いや》な予感を覚えずにはいられなかった。

恐る恐る「何を？」と尋《たず》ねる。

だが、静流はその国塚の問いには答えずに、刑事に腕を取られてぼんやりと立ちつくしている岡崎に向かって、スタスタと大股《おおまた》で近づいたのである。

そうして、自分の顔を不思議そうに見つめている岡崎の前に立つと、静流は長いリーチを活《い》かして、思いきり見事な右ストレートを友人の下顎《したあご》へと叩《たた》き込《こ》んだのだった。

突然のことに周囲が騒然とする中、静流は殴《なぐ》られた反動で後ろに引っくり返って刑事に助け起こされている岡崎を凛《りん》とした表情で見下ろすと、厳しい口調で言ったのだった。

「刑務所入って、その腐《くさ》った根性叩き直してこい！」

しかし、すぐにニッコリと一転して鮮やかな笑顔《えがお》になると、思わず殴《なぐ》られたことも忘れて自分の顔に見惚《みほ》れている岡崎に向かって、静流は片手を差し出したのだった。

「まぁ、たまには面会ぐらい行ってやるからさ」

「……ヒャア、静流ちゃん、カッコいいー♡」

そうして、殴られて静流にぽーっとなっている岡崎と、自分の隣《となり》でそんな呑気《のんき》な歓声をあげている金光の姿に、国塚は片手で額を押さえながら脱力したのだった。

もしかすると、自分は想像以上に厄介《やっかい》な相手に惚《ほ》れたのではないかと、心密《こころひそ》かに後悔をしながら……。

エピローグ

「国塚《くにづか》さーん、あの辺なんてどう？」

「うーん、いまいちかな」

ようやく平和な日常が戻り、国塚は当初の予定どおり写真集の撮影《さつえい》のためのロケーション地選びを再び開始していた。

「ちぇっ、そうなんだ」

せっかく自分の見つけたロケーション地に国塚がのり気じゃないので、静流《しずる》は落胆《らくたん》したような表情で唇《くちびる》を尖《とが》らせた。

今回の事件の最中に、静流は何やら吹っ切れたらしく、このところ毎日生き生きとして楽しそうである。

以前に比べると、まるで別人のようによく笑うようになって、国塚はおかげで目の保養に困らなかった。

自分に正直に生きることにしたのだと明るく宣言した静流は、毎日のように国塚に「好き」と囁《ささや》いてくれるうえに、すっかり夜の営みのほうにも積極的になってしまい、国塚は素直《すなお》に喜んでいいのか悲しむべきなのか複雑な心境である。

（俺、まだ当分は枯《か》れてる暇《ひま》なさそうだなぁ……）

目の前で溌剌《はつらつ》と動いている若木のようなしなやかな肢体《したい》を眺《なが》めながら、国塚は自分が静流と同じ年頃の時には、いったい何を考えていただろうと遠い青春時代に思いを馳《は》せた。

悪友達とつるんで馬鹿《ばか》をしたり、時折田舎《いなか》に置いてきた幼《おさな》なじみの美しい少女や、やはり幼なじみのクールに見えてじつは不器用で心優《こころやさ》しい友人のことを考えては落ち込んだりしてたっけと、十代最後の頃の若かった自分を思い出す。

静流が大学で金光《かねみつ》や岡崎《おかざき》と出会ったように、国塚も大学で影山《かげやま》や三浦《みうら》と親しくなった。

あれから、もう二十年近い年月が過ぎ、自分も友人たちも皆それぞれの道を歩んでいる。

影山とは事件の後に、二人だけで一度酒を飲みに行った。

地方への左遷《させん》が決まったのだと、友人はその武骨《ぶこつ》な顔に静かな微笑を浮かべて国塚に告げた。

身内が不祥事《ふしょうじ》を起こしてしまったから、当分は中央には戻ってこられそうにもないとあくまでも穏やかな表情と声音で語る影山に、国塚は「そうか」と頷《うなず》くことしかできなかった。

「まぁ、地方でのんびり洋祐《ようすけ》の帰りを待つさ」

影山が、本当はどんな感情をあの一途《いちず》で優《やさ》しげな容姿の義弟に対して抱いていたか、国塚は知らない。

問《と》い質《ただ》したいと思わなかったといえば嘘《うそ》になるが、義弟のことを語る時の影山の深い眼差《まなざ》しを見ていれば、今さら問い質す必要もないような気がして、国塚はいっさいその件には触れなかった。

別れ際に、影山はふと思い出したように「そういえば……」と呟《つぶや》くと、国塚にはずいぶんと意外なことを言い出した。

「あの、金光という青年に会う機会があったら、俺が礼を言っていたと告げてはもらえないだろうか」

「え、金光くんにか？　俺よりも、静流に伝言を頼《たの》んだほうが早いと思うぞ」

国塚の言葉に、そういえばそうだなと納得顔になると、影山は「じゃあ、そうしてくれ」と言って頷《うなず》いた。

「カセットテープをありがとう、と。きみのおかげで、俺はもう少し頑張《がんば》ってみようという気になったと、そう伝えてくれ」

その時は、わけもわからずにその頼みを引き受けた国塚が、金光が岡崎を迎えに行く車中での佐倉《さくら》との会話を録音していて、それを事件が一段落した後に影山に渡したのだと知ったのは、それからずいぶんと経《た》ってからのことだった。

静流は、ずいぶんといい友を持ったものだと、微《かす》かに嫉妬《しっと》めいた感情を金光に抱いた国塚だったが、あのどこか飄々《ひょうひょう》として憎めない青年のことを、けっこう自分が気に入ってることもまた事実だった。

そんなこんなで、影山との友情は復活した国塚だったが、三浦に対してはまだ若干《じゃっかん》わだかまりを持ったままだった。

それでも、どんなに自分に邪険《じゃけん》にされても電話をかけてくる三浦の根性には、さすがに最近では根負けしそうな国塚である。

「あいつ、もしかして俺のこと好きなんじゃねぇのか？」

思わずそんな台詞《せりふ》でぼやいてしまった国塚を笑った貴子《たかこ》は、相変わらず三浦にしつこく口説《くど》かれてるらしく、「もう、あれだけしつこいと根負けするわね」と、国塚と同じようなことを呟《つぶや》いて苦笑していた。

とりあえずは、幸せな日常を取り戻すことができたことにホッとしながら、国塚は毎日を過ごしているのだった。

「ねぇ、国塚さん」

国塚の少し前を歩いていた静流が、珍しく思案深そうな顔つきで振り返るのに、国塚は目を眇《すが》めながら「なんだ？」と尋《たず》ねた。

「人間って面倒くさいよね。相手のためを思ってしたことが、結果的に相手を傷つけることになったりしてさ……。どんなに好きでも、結局は言葉や態度に出さないとわかってもらえないし。あーあ、面倒くさい」

思わず小声で「おいおい」とツッコミを入れたくなった国塚だったが、自分に微笑《ほほえ》みかける静流の笑顔があんまり幸せそうだったから、結局は「まぁいいか」という気持ちになった。

「でも、国塚さんだってやっぱり、俺に言葉や態度で愛情表現してもらったほうが嬉《うれ》しいんだよね？」

突然何を言い出すんだと国塚が訝《いぶか》しんでいると、静流は軽やかな足取りで走り出し、数メートル離れたところで国塚のことを振り返った。

そうして無邪気《むじゃき》な笑顔で国塚に向かって手を振ると、「いいよ！」と叫《さけ》んだのだった。

「俺、もう一度、国塚さんの写真のモデルしてもいいよ！」

驚いて咄嗟《とっさ》には言葉の出なかった国塚だったが、答えの代わりに静流へ向かって持っていたカメラを向けると、静流の反応を待たずにシャッターをきった。

「今のが、モデル復帰の第一号だな」

笑いながら駆け寄って来る静流の後ろでは、いつか遠い昔に見たような澄《す》んだ青空が広がっていた。

あとがき

さてさて、初めての方も、お馴染《なじ》みの方もこんにちは、仙道《せんどう》はるかです。

気がつけば夏本番、さすがの北海道《ほっかいどう》も連日暑くてちょっと溶けそうな今日この頃。

私の住んでいる場所は、家庭用除雪機は持っていてもクーラーはないという家庭がほとんどで、我が家もその例にもれないわけなんですが（そう、除雪機はあるのだ）、今年は自分の部屋用に小型の扇風機《せんぷうき》をとうとう購入してしまいました。

小さくても充分に役だってくれて、かなりラブ♡　だよ、マイ扇風機（笑）。

きっと、この本が出る頃にはまだ残暑が厳しいと思いますんで、皆さん夏風邪《なつかぜ》などひかないように、体調にはくれぐれも気をつけましょうね（私もな）。

それでは、とりあえずは今回のお話について……。

まずは、タイトルが予定してたものから変更になってしまってゴメンなさい。

内容考える前にタイトルつけちゃったのがまずかったらしいです。

でも、今回のタイトルは、国塚《くにづか》と静流《しずる》のイメージに合ってる気がして自分ではけっこう気に入ってるんで、この本を読んでくださっている皆さんにも気に入っていただけたら嬉《うれ》しいです♡

内容のほうも、久しぶりにちょっとミステリー（？）色の濃いストーリーを書くことができて、自己満足中（笑）。

どんなに国塚の質《たち》が悪くても、静流が受けなのにデカくて大食らいで乱暴者でも、私はこの二人のことが、里見《さとみ》と美幸《みゆき》の次に好きらしいです。

静ルンって、うちの受けの中だけじゃなく、攻めキャラと合わせてもおそらく五指に入るほど腕《うで》っ節《ぷし》が強いと思うのですよ……。

さらには、受けキャラ随一《ずいいち》の絶愛系で、情が強いです。

美幸が『浮気したら死んでやる』派なら、静ルンは『浮気したら殺してやる』派。捨てたりしたら、国塚はきっと末代までも祟《たた》られるね（貞子《さだこ》のようだ。苦笑）。

そして、そんな静流（お馬鹿《ばか》な子供）とはある意味対極にいる丹野《たんの》（賢い大人）と、国塚との関係が、今回かなり微妙な感じとなっております。

私的には『あり』な話なんだけど、こういう展開が嫌《いや》な人にはゴメンね（汗《あせ》）。

とりあえず、先に謝っておこっと……（小心者）。

この三人のことをもっと詳しく知りたい方は、既刊《きかん》の『背徳《はいとく》のオイディプス』『いつか喜《よろこ》びの城《しろ》へ』『星《ほし》ノ記憶《きおく》』などを合わせて読んでいただくとよろしいかと思います。

まだ未読の方は、この機会にぜひ！（笑）

ＣＭはともかくとして、そろそろ恒例の告知のコーナーにまいりましょうか。

いちおう細々と同人活動（年三回・春夏冬の某大イベントにサークル名『銀河鉄道通信』または『ヴァルハラ』で参加。たまに、気が向いたら通販もやってます。詳しくはペーパー参照のこと）などもやってます。

同人誌の発行状況やその他現在の仙道のマイブーム中の物を勝手に紹介し、なおかつバカトーク満載《まんさい》の情報ペーパーを発行していますので、ご興味《きょうみ》のある方は返信用封筒（80円切手を貼って、自分の住所氏名を記した封筒。自分の氏名には『様』をつけてください。そしてできるだけ定形封筒を希望）を同封のうえでペーパーをご請求ください。

最近、個人への返事が困難になってしまった代わりに、今までＢ５・４Ｐだったペーパーを A５・８Ｐへとリニューアルして、読みごたえをアップしております。

番外編のようなオマケ小説なんかも掲載《けいさい》してますので（里見ＶＳ国塚とか、真生《まさき》と甲《か》妻《い》&空《そら》なんかの、かなりレアな組み合わせの話なんかが読めます。短いけどね)、ご興味《きょうみ》のある方は前述のとおり返信用封筒同封でご請求ください。

勝手ではありますが、ついでに感想のお手紙などいただけると喜びますので、ぜひともよろしくお願いしますね♡

そして次回ですが、これまた久しぶりの『オーパーツ』の上二人の予定です。

こちらも、一年に一冊のゆっくりとしたペースで続けていますが、上条《かみじょう》(元金髪のボクサー)義隆《よしたか》と、市東《しとう》(花屋の美人店長)陸《りく》がメインになるのは、シリーズ第一作目の『僕《ぼく》らはオーパーツの夢《ゆめ》を見《み》る』以来となります。

タイトルは『メフィスト・フェレスはかくありき』になる予定。

市東弟カップルも含めて、このシリーズは登場人物が大変多いんですけど(それも全員キャラが濃い……。特に女の子たちが……)、次回も新たなキャラが登場します。

きっと、おそらく、またもや事件が起きるはずなので、次作もお楽しみに♡

さて、最後に一つお知らせがあります。

前作『ツイン・シグナル』の発行後に、他社発行の同タイトルの漫画作品があることを知ったのですが、そちらの作品と私の著作は無関係ですので、どうかご了承ください。
それでは、次は十二月上旬にお会いしましょう。

二〇〇〇年八月某日

仙道《せんどう》はるか

仙道はるか先生の『ファインダーごしのパラドクス』、いかがでしたか？
仙道はるか先生、イラストの沢路きえ先生への、みなさんのお便りをお待ちしております。
仙道はるか先生へのファンレターのあて先
〒112-8001　東京都文京区音羽2-12-21　講談社　X文庫「仙道はるか先生」係
沢路きえ先生へのファンレターのあて先
〒112-8001　東京都文京区音羽2-12-21　講談社　X文庫「沢路きえ先生」係

※作中の詩は、谷川俊太郎訳「マザー・グース1」(講談社文庫)より引用。

N.D.C.913　274p　15cm

仙道はるか（せんどう・はるか）

講談社X文庫

7月10日生まれ、蟹座のO型、北海道豪雪地帯在住。自他ともに認めるジャニーズ・オタクで、最近ではJr.の見分けもつくようになってしまった筋金入り。また、極度の活字中毒なので本がそばにないと生きていけない。作品に『背徳のオイディプス』『僕らはオーパーツの夢を見る』『高雅にして感傷的なワルツ』『シークレット・ダンジョン』『天翔る鳥のように』『ルナティック・コンチェルト』『ツイン・シグナル』、アイドルグループ「B-ing」シリーズなどがある。

white heart

ファインダーごしのパラドクス

仙道《せんどう》はるか

●

2000年９月５日　第１刷発行

定価はカバーに表示してあります。

発行者——野間佐和子
発行所——株式会社 講談社
東京都文京区音羽2-12-21 〒112-8001
電話 編集部 03-5395-3507
販売部 03-5395-3626
製作部 03-5395-3615
本文印刷—豊国印刷株式会社
製本———有限会社中沢製本所
カバー印刷—双美印刷株式会社
デザイン—山口　馨

ISBN4-06-255499-2　(X庫)

講談社X文庫ホワイトハート

仙道はるかの本

イラスト●沢路きえ

星ノ記憶

映画『月光の夜想曲《ノクターン》』のイメージ写真集を撮影するため、北海道を訪れた勇気《ゆうき》と若葉《わかば》。その地で若葉は、長いあいだ抱えてきた己のトラウマと対決することになり——。

琥珀色の迷宮《ラビリンス》

学園祭の出し物で、劇のヒロイン役に選ばれた市《し》東《とう》空《そら》のもとに、上演中止を求める脅迫状が送られてきた。そして、花屋を営む空の兄・陸《りく》の前からは、最愛の人物が姿を消してしまい…。

イラスト●沢路きえ

イラスト●沢路きえ

シークレット・ダンジョン

先生…なんで抵抗しないんですか？葛《かつら》城《ぎ》草介《そうすけ》は、ゲーム・クリエーターとしての新たな仕事の取材のため、小学生の甥っ子に、担任教師の椎名《しいな》真生《まさき》を紹介されるのだが……。

講談社X文庫ホワイトハート・大好評恋愛&耽美小説シリーズ

終わらない週末
週末のプライベートレッスンがいつしか…。
有馬さつき
(絵・藤崎理子)

パーティナイト 終わらない週末
トオルの美貌に目がくらんだ飯島は思わず!?
有馬さつき
(絵・藤崎理子)

ダブル・ハネムーン 終わらない週末
4人一緒で行く真冬のボストン旅行は…!?
有馬さつき
(絵・藤崎理子)

ビタースウィート 終わらない週末
念願の同居を始めた飯島とトオルは…!?
有馬さつき
(絵・藤崎理子)

バニー・ボーイ 終わらない週末
二人でいられれば、ほかに何もいらない!!
有馬さつき
(絵・藤崎理子)

フラワー・キッス 終わらない週末
タカより好きな人なんていないんだよ、僕。
有馬さつき
(絵・藤崎理子)

ラブ・ネスト 終わらない週末
その優しさが、時には罪になるんだよ。
有馬さつき
(絵・藤崎理子)

ベビィフェイス 終わらない週末
キスだけじゃ、今夜は眠れそうにない。
有馬さつき
(絵・藤崎理子)

トラブルメーカー 終わらない週末
タカも欲しかったら、無理強いするの?
有馬さつき
(絵・藤崎理子)

ウイークポイント 終わらない週末
必ずあなたから、彼を奪い取ります!
有馬さつき
(絵・藤崎理子)

プライベート・コール 終わらない週末
僕に黙って女の人と会うなんて……。
有馬さつき
(絵・藤崎理子)

ベッド・サバイバル 終わらない週末
早くタカに会いに行きたいよ。
有馬さつき
(絵・藤崎理子)

オンリー・ワン 終わらない週末
トオルがいなけりゃ、OKしてたのか?
有馬さつき
(絵・藤崎理子)

☆**ドレスアップ・ゲーム** 終わらない週末
男だってことを身体に覚え込ませてあげるよ。
有馬さつき
(絵・藤崎理子)

アポロンの束縛
〈手〉だけでなく、あなたのすべてがほしい!!
有馬さつき
(絵・斐《ひ》火《が》サキア)

ミス・キャスト
僕は裸の写真なんか、撮ってほしくない!
伊郷ルウ
(絵・桜城やや)

エゴイスト ミス・キャスト
痛みの疼きは、いつしか欲望に……。
伊郷ルウ
(絵・桜城やや)

隠し撮り ミス・キャスト
身体で支払うって方法もあるんだよ。
伊郷ルウ
(絵・桜城やや)

危ない朝 ミス・キャスト
嫌がることはしないって言ったじゃないか!
伊郷ルウ
(絵・桜城やや)

誘惑の唇 ミス・キャスト
そんな姿を想像したら、欲しくなるよ。
伊郷ルウ
(絵・桜城やや)

☆……今月の新刊

講談社X文庫ホワイトハート・大好評恋愛&耽美小説シリーズ

熱・帯・夜 ミス・キャスト
君は本当に、真木村が初めての男なのかな？ (絵・桜城やや) 伊郷ルウ

キスが届かない
料理って、セックスよりも官能的じゃない⁉ (絵・あじみね朔生《さくお》) 和泉 桂

キスの温度
俺が一番、君を美味しく料理できるから…。(絵・あじみね朔生) 和泉 桂

キスさえ知らない
シェフじゃない俺なんか、興味ないんだろ？(絵・あじみね朔生) 和泉 桂

キスをもう一度
あんたならいいんだよ…傷つけられたって。(絵・あじみね朔生) 和泉 桂

不器用なキス
飢えているのは、身体だけじゃないんだ。(絵・あじみね朔生) 和泉 桂

キスの予感
レピシエ再開への道を見いだす千冬は…。(絵・あじみね朔生) 和泉 桂

キスの法則
このキスがあれば、言葉なんて必要ない。(絵・あじみね朔生) 和泉 桂

キスの欠片
雨宮を仁科に奪われた千冬は……。(絵・あじみね朔生) 和泉 桂

微熱のカタチ
おまえの飼い主は、俺だけだ。(絵・あじみね朔生) 和泉 桂

吐息のジレンマ
また俺を、しつけ直してくれる？ (絵・あじみね朔生) 和泉 桂

束縛のルール
虐《いじ》められるのだって、かまわない。(絵・あじみね朔生) 和泉 桂

恋愛クロニクル
僕が勝ったら、あなたのものにしてください。(絵・あじみね朔生) 和泉 桂

職員室でナイショのロマンス 桜沢vs白萌シリーズ
誰もいない職員室で、秘密の関係が始まった。(絵・緋色れーいち) 井村仁美

放課後の悩めるカンケイ 桜沢vs白萌シリーズ
敏明vs玲一郎…待望の学園ロマンス第2弾!! (絵・緋色れーいち) 井村仁美

ベンチマークに恋をして アナリストの憂鬱
青年アナリストが翻弄される恋の動向は…？ (絵・如月弘鷹) 井村仁美

恋のリスクは犯せない アナリストの憂鬱
ほかのことなど、考えられなくしてやるよ。(絵・如月弘鷹) 井村仁美

3時から恋をする
入行したての藤芝の苦難がここから始まる。(絵・如月弘鷹) 井村仁美

5時10分から恋のレッスン
あいつにも、そんな声を聞かせるんだな⁉ (絵・如月弘鷹) 井村仁美

8時50分・愛の決戦
葵銀行と鳳銀行が突然、合併することに…！ (絵・如月弘鷹) 井村仁美

☆……今月の新刊

講談社X文庫ホワイトハート・大好評恋愛&耽美小説シリーズ

午前0時・愛の囁き　井村仁美
銀行員の苦悩を描く、トラブル・ロマンス!!　（絵・如月弘鷹）

迷彩迷夢《めいさいめいむ》　柏枝真郷
聖一との思い出の地、金沢で知った〝狂気〟!?　（絵・ひろき真冬）

窓—WINDOW—　硝子の街にて[1]　柏枝真郷
友情か愛か。ノブとシドニーのNY事件簿!!　（絵・茶屋町勝呂）

雪—SNOW—　硝子の街にて[2]　柏枝真郷
ノブ&シドニーの純情NYシティ事件簿!　（絵・茶屋町勝呂）

虹—RAINBOW—　硝子の街にて[3]　柏枝真郷
ノブ&シドニーのNYシティ事件簿第3弾!!　（絵・茶屋町勝呂）

家—BURROW—　硝子の街にて[4]　柏枝真郷
幸福に見える家族に起こった事件とは…!?　（絵・茶屋町勝呂）

朝—MORROW—　硝子の街にて[5]　柏枝真郷
その男は、なぜNYで事故に遭ったのか!?　（絵・茶屋町勝呂）

空—HOLLOW—　硝子の街にて[6]　柏枝真郷
不法滞在の日本人が殺人事件の参考人となり…。（絵・茶屋町勝呂）

いのせんと・わーるど　かわいゆみこ
七年を経て再会した二人の先に待つものは!?　（絵・石原　理）

この貧しき地上に　篠田真由美
この地上でも、君となら生きていける……。　（絵・秋月杏子）

この貧しき地上にII　篠田真由美
ぼくたちの心臓はひとつのリズムを刻む!　（絵・秋月杏子）

この貧しき地上にIII　篠田真由美
至高の純愛神話、ここに完結!　（絵・秋月杏子）

ロマンスの震源地　新堂奈槻
炯《けい》はまわり中をよろめかす愛の震源地だ!（絵・麻々原絵里依）

ロマンスの震源地2[上]　新堂奈槻
炯は元一《もとかず》と潤哉のどちらを選ぶのか……!?（絵・麻々原絵里依）

ロマンスの震源地2[下]　新堂奈槻
炯の気持ちは元一に傾きかけているが…。（絵・麻々原絵里依）

転校生　新堂奈槻
新しい学校で健太を待っていたのは——!?（絵・麻々原絵里依）

もっとずっとそばにいて　新堂奈槻
学園一の美少年を踏みにじるはずが……。（絵・麻々原絵里依）

水色のプレリュード　青海　圭
僕は飛鳥のために初めてラブソングを作った。（絵・二宮悦巳）

百万回のI LOVE YOU　青海　圭
コンブから飛鳥へのプロポーズの言葉とは?　（絵・二宮悦巳）

16Beatで抱きしめて　青海　圭
2年目のG・ケルプに新たなメンバーが…。　（絵・二宮悦巳）

☆……今月の新刊

講談社X文庫ホワイトハート・大好評恋愛&耽美小説シリーズ

おいしい水 月夜の珈琲館
志乃崎は織田を〈楽園〉に連れていった。

記憶の数 月夜の珈琲館
病院シリーズ番外編を含む傑作短編集!!

危険な恋人 月夜の珈琲館
N大附属病院で不審な事件が起こり始めて…。

眠れぬ夜のために 月夜の珈琲館
恭介と青木、二人のあいだに立つ志乃崎は…。

恋のハレルヤ 月夜の珈琲館
愛されたくて、愛したんじゃない…。

黄金の日々 月夜の珈琲館
俺たちは何度でもめぐり会うんだ……。

無敵なぼくら 成田空子
優等生の露木に振り回される渉《わたる》は…。（絵・こうじま奈月）

狼だって怖くない 無敵なぼくら 成田空子
俺はまたしてもあいつの罠にはまり──。（絵・こうじま奈月）

勝負はこれから！ 無敵なぼくら 成田空子
大好評〝無敵なぼくら〟シリーズ第3弾！（絵・こうじま奈月）

最強な奴ら 無敵なぼくら 成田空子
ついに渉《わたる》を挟んだバトルが始まった!!（絵・こうじま奈月）

マリア ブランデンブルクの真珠 榛名しおり
第3回ホワイトハート大賞《恋愛小説部門》佳作受賞作!!（絵・池上明子）

王女リーズ テューダー朝の青い瞳 榛名しおり
恋が少女を、大英帝国エリザベス一世にした。（絵・池上沙京）

ブロア物語 黄金の海の守護天使 榛名しおり
戦う騎士、愛に生きる淑女。中世の青春が熱い。（絵・池上沙京）

テュロスの聖母 アレクサンドロス伝奇1 榛名しおり
紀元前の地中海に、壮大なドラマが帆をあげる！（絵・池上沙京）

ミエザの深き眠り アレクサンドロス伝奇2 榛名しおり
辺境マケドニアの王子アレクス、聖母《サラ》に出会う！（絵・池上沙京）

碧きエーゲの恩寵 アレクサンドロス伝奇3 榛名しおり
突然の別離が狂わすサラとハミルの運命は!?（絵・池上沙京）

光と影のトラキア アレクサンドロス伝奇4 榛名しおり
アレクス、ハミルと出会う──戦乱の予感。（絵・池上沙京）

煌《きら》めくヘルメスの下《もと》に アレクサンドロス伝奇5 榛名しおり
逆らえない運命……。星の定めのままに。（絵・池上沙京）

カルタゴの儚《はかな》き花嫁 アレクサンドロス伝奇6 榛名しおり
大好評の古代地中海ロマンス、クライマックス!!（絵・池上沙京）

フェニキア紫の伝説 アレクサンドロス伝奇7 榛名しおり
壮大なる地中海歴史ロマン、感動の最終幕！（絵・池上沙京）

☆……今月の新刊

講談社X文庫ホワイトハート・大好評恋愛&耽美小説シリーズ

いとしのレプリカ　深沢梨絵
沙樹とケンショウのキスシーンに会場は騒然!（絵・真木しょうこ）

ＫＩＳＳ&ＴＲＵＴＨ　いとしのレプリカ2　深沢梨絵
「レプリカ」結成当時のケンショウと沙樹は…!?（絵・真木しょうこ）

名もなき夜のために　魅惑のトラブルメーカー　牧口　杏
アイドルとギタリストの〝Cool〟ラブロマンス（絵・日下孝秋）

優しい夜のすごし方　魅惑のトラブルメーカー　牧口　杏
昂也たちの新ユニットに卑劣な罠が……!?（絵・日下孝秋）

そっと深く眠れ　魅惑のトラブルメーカー　牧口　杏
新メンバーにいわくつきのドラマーが……!?（絵・日下孝秋）

まるでプラトニック・ラブ　東京ＢＯＹＳレヴォリューション　水無月さらら
センセは男とはダメなの?　僕に興味ない?（絵・おおや和美）

ティーンエイジ・ウォーク　東京ＢＯＹＳレヴォリューション　水無月さらら
オレもおまえも、壊れてみるといいかもな。（絵・おおや和美）

昨日まではラブレス　水無月さらら
——正直な身体は、残酷だ。（絵・おおや和美）

☆……今月の新刊

〈応募の方法〉

○資　格　プロ・アマを問いません。

○内　容　ホワイトハートの読者を対象とした小説で、未発表のもの。

○枚　数　400字詰め原稿用紙で250枚以上、300枚以内。たて書きのこと。ワープロ原稿は、20字×20行、無地用紙に印字。

○締め切り　2001年5月31日（当日消印有効）

○発　表　2001年12月26日発売予定の𝕏文庫ホワイトハート1月新刊全冊ほか。

○あて先　〒112-8001　東京都文京区音羽2-12-21　講談社𝕏文庫出版部　ホワイトハート大賞係

○なお、本文とは別に、原稿の1枚めにタイトル、住所、氏名、ペンネーム、年齢、職業（在校名、筆歴など）、電話番号を明記し、2枚め以降に400字詰め原稿用紙で3枚以内のあらすじをつけてください。

原稿は、かならず、通しのナンバーを入れ、右上をとじるようにお願いいたします。

また、二作以上応募する場合は、一作ずつ別の封筒に入れてお送りください。

○応募作品は、返却いたしませんので、必要なかたは、コピーをとってからご応募ねがいます。選考についての問い合わせには、応じられません。

○入選作の出版権、映像化権、その他いっさいの権利は、小社が優先権を持ちます。